A super guide to Philosophy

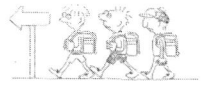

어리석은 자의 철학

알기 쉬운 철학 에세이

어리석은 자의 철학

다케다 세이지 지음 | **박현석** 옮김

A   super   guide   to   Philosophy

동해출판

이것은 인생에 지친 나 자신이
'삶의 의미'를 찾아서 여행을 떠나는 이야기입니다.
나는
'참된 자신'을 반드시 찾을 수 있을 것이라고
생각하고 있습니다.
하지만 이야기란 때로는 잔혹한 것입니다.
그렇습니다. 때로는 가혹한 인생과 마찬가지로.

과연 나는
'참된 자신'을
찾을 수 있을까요?

'삶의 의미'에 대한 대답을
찾을 수 있을까요?

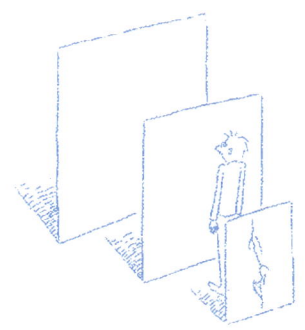

Contents

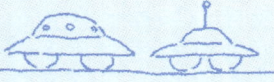

Contents

Chapter 4

어른의 철학

chapter 1

철학을 알면, 인생이 잘 풀리는가?

힌트 **1**, 한편으로 철학적 언어는 매우 어렵다.

힌트 **2**, 게임에는 규칙이 반드시 있는 법이다.

힌트 **3**, 인간은 욕망하는 생물이다.

어째서 철학적 언어는
이다지도 어려운 것일까?

철학서를 읽다 보면 때때로 뭐라 표현하기 어려운 함축적인 명언, 경구(아포리즘)를 만나게 됩니다. 하지만 누가 뭐래도 철학이기 때문에 그렇게 쉽지만은 않습니다. 그것을 해독해 볼 수는 없을까 하는 것이 이 책의 첫 번째 주안점입니다.

이런 예 하나.

그를 그처럼 다정한 남편으로 만들고, 그처럼 아이들을 잘 돌보는 아버지로 만든 것은, (중략) 그가 그 안으로 숨어든 내면에서 자기 자신에게 행한 자신의 나약함에 대한 고백이었다. ＿키에르케고르 『죽음에 이르는 병』

남자의 다정함은 종종 성격적인 나약함의 표출에 지나지 않을 때가 있습니다. 의외로 남자나 여자 모두 그 사실을 깨닫지 못하는 경우가 많습니다. 미묘한 점을 생각하게 하는 힘을 가진 한 구절입니다.

스탕달의 『연애론』은 에세이라기보다는 연애에 대한 철학이라고 하는 편이 옳겠는데, 거기에 이런 명언이 있습니다.

　　이 세상에서 볼 수 있는 사랑은 모두 동일한 법칙에 따라서 태어나고, 살아가다가 죽거나 혹은 불멸으로까지 끌어올려지는 법이다.

　살아온 시간이 길어질수록 참으로 옳은 말이라고 생각되는 말입니다. 뛰어난 연애 철학자이기도 했던 또 다른 문학자, 『채털리 부인의 사랑』의 작가인 D. H. 로렌스의 말을 인용해 보겠습니다.

　　섹스와 아름다움은, 불꽃과 불의 관계처럼 서로 동일한 것이다. 섹스를 싫어하는 것은 아름다움을 싫어하는 것이다. 생생한 아름다움을 사랑하는 것은 섹스에 경의를 표하는 것이다.　　　　　　_『연애에 대하여』

　참으로 대담한 발언으로, 사태의 본질을 정확하게 꿰뚫고 있습니다.

에로티시즘에도 니힐리즘에도
정의가 있다

　문학자의 말은 그래도 알기 쉬운 편이지만, 철학자의 말 중에는 그렇게 단순하지 않은 것들이 많습니다. 그중 대표적인 것을 소개해 보자면, 근대 철학의 최고봉이라 일컬어지고 있는 헤겔의 말 중에 '사물이란 개념의 운동이다'라는 말이 있습니다.

　대부분의 사람들은 '대체 무슨 말이야?'라고 생각할 것입니다. 하지만 이 말은 '사물'에 대한 중요한 '원리'를 참으로 적절하게 표현한 것입니다. 조금 해설해 보도록 하겠습니다.

　예를 들어서 어린아이에게 있어서 한 개의 사과는 단순한 먹을 것, 즉 간식에 지나지 않습니다. 어른들은 하나의 사과를 보고, 예를 들어서 그것이 '부사'라는 사과이며, 하나에 천 원이고, 비타민을 함유하고 있는 '과일'이라는 등의 사실을 이해합니다. 또한 사과를 생산하는 사람이라면 사과 하나를 보고, 단번에 그것이 어떤 사과인지 좀 더 많은 정보를 뽑아낼 수 있습니다.

즉 인간에게 있어서 어떤 '사물'은 모두 그저 단순한 물질이 아니라, 여러 가지 '개념'이 담겨 있는 무엇으로 존재하는 것입니다. 이른바 '의미'라는 그물의 눈으로 존재하는 것입니다. 바로 그것이 '사물'이 인간에게 있어서의 기본적인 모습이라고 말하고 있는 것입니다.

이처럼 철학적 언어에는 조금 색다른 생각의 '원리'를 나타내는 것들이 많습니다. 바타유라는 사람에 의하면, '에로티시즘'의 정의는 '연속성에 대한 향수', 혹은 '죽음에 이르기까지의 앙양(昻揚)'입니다. 니체의 '니힐리즘'에 대한 정의는 '최고의 가치가 절대로 존재하지 않는다는 것에 대한 확신'입니다.

그리고 비트겐슈타인이라는 사람은 '사회'란 '언어 게임'이라는 그물의 눈이라고 말했으며, 하이데거는 인간이란 언제나 어떤 가능성으로 '이해하면서 존재할 수 있는 것'이라고 말했습니다. 점점 어려워지지만, 하나하나 해설을 하면 각각 함축적인 의미를 가진 말입니다.

인간학에 철학이라는 메스를 들이대면 어떻게 되는가?

한편, 이 책의 두 번째 주안점은 철학적 명언, 경구의 단순한 해설이 아니라, 오히려 그렇게 철학적으로 뛰어난 사고를 일단 완전히 해체하여 인간 생활 속에서 사고의 좋은 기술(아트)로 재구성해 보려고 하는 철학에 의한 인간학의 시험입니다.

'사물은 개념이라는 그물의 눈이다' 라는 말은 사물의 존재의 '본질'을 잘 표현한 말인데, 인간 존재의 '본질'도 그런 식으로 말할 수 있을까요? 틀림없이 그렇게 말할 수 있을 것입니다.

'인간은 규칙이라는 그물의 눈이다' 라는 말이 바로 그것입니다.

18세기에 흄이라는 철학자는 사회란 '규칙이라는 그물의 눈이다' 라고 말했습니다. 앞서도 말했지만, 20세기에 비트겐슈타인은 이 말을 '사회란 여러 가지 게임의 집합이다' 라는 말로 바꿔 표현했습니다. 철학적 사고란 참

으로 재미있는 것으로, 어떤 사실에 어떤 적절한 '언어'
를 가져다 놓으면 그것만으로도 지금까지 보이지 않았던
많은 것들이 선명하게 눈에 들어오게 되는 법입니다.

그런데 '사회는 규칙이라는 그물의 눈에 의해서 형성
된 다양한 게임의 집합이다'라는 말은 조금 난해합니다.
그래도 이것은, 사회는 규칙에 의해서 만들어진 다양한
게임이라는 원리 이상으로 중요한 것으로, 이른바 그 기
초를 이루는 원리와 같은 것입니다. 이에 대해서도 조금
해설해 보도록 하겠습니다.

인간은 가능성을 향해서 '욕망'하는 존재

인간이란 어떤 '존재'일까요? 인간이란 언제나 어떤
가능성을 향해 가는 존재, 즉 '욕망'하는 존재입니다. 하
지만 이 '욕망'이란 동물의 그것과는 판이하게 다릅니다.
인간의 '욕망'은 우선 '자신에 대한 욕망'입니다. 따
라서 인간은 무엇보다도 먼저 '자아'로서 살아갑니다.

하지만 '자아'는 '자기에 대한 욕망'이기 때문에, 잠재적으로는 '타인을 바라는 욕망'이기도 한 것입니다.

무라카미 하루키의 소설이었던가? '사람은 때때로 못 견디게 「바다가 보고 싶어진다」. 하지만 한동안 바다를 바라보고 있으면 다시 도회로 되돌아가고 싶어진다. 그런 것이다'와 같은 구절이 나옵니다. 이와 마찬가지로 인간은 '자아' 자신이라는 사실을 버릴 수는 없지만, 그것은 또한 타인 없이는 성립할 수 없는 것입니다. 인간의 '욕망'은 그처럼 자신과 타인 사이의 접점인 '관계' 속에 던져져 있는 것입니다. 이 '관계'가 바로 '규칙이라는 그물의 눈'입니다.

'나'란, 그것 자체가 '규칙이라는 그물의 눈'이라고 하면 조금 이상하게 들릴지도 모르겠습니다. 하지만 철학적 사고에서는 그것이 '나'를 생각하는 데 있어서 매우 적절한 사고가 됩니다. 이 책에서는 그러한 방법에 인간을 생각하는 토대를 두었습니다. 그렇게 하면 여러 가지 철학적인 말들이 훨씬 더 재미있게 다가옵니다.

철학이 '욕망'하는 존재로서의 인간에 대한 좋은 지

혜로써 받아들여진다면, 바로 거기에 철학의 본질이 있는 것입니다.

　해설은 이 정도로 마치고 이제 본론으로 들어가기로 하겠는데, 그에 앞서서 그러한 철학적 지혜를 아주 잘 상징하고 있는 아포리즘을 하나 소개해 보도록 하겠습니다.

　　사랑할 수 없다면 그대로 지나쳐라.

__ 니체 『차라투스트라는 이렇게 말했다』

　인간의 삶의 절반은 사회와의 싸움이지만, 나머지 절반은 자신과의 싸움입니다. 이것은 자신과의 싸움에서 지지 않기 위한 아포리즘입니다. 내용에 대해서는 본문에서 이야기하도록 하겠습니다.

chapter 2

어린이의 철학

힌트 **1,** 칭찬을 듣고 싶다는 '자기애'가 최초의 욕망.

힌트 **2,** '자아'는 자신도 모르는 사이에 익히고, 잊혀진다.

힌트 **3,** 처음 갖게 되는 '가치에 대한 규칙'은 부모에게서 받는다.

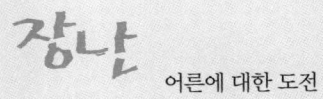 **장난** 어른에 대한 도전

'모든 인간은 태어나면서부터 알아주기를 바란다.'

— 아리스토텔레스 『형이상학』

장난은 어째서

그렇게도 즐거웠던 것일까?

금지된 울타리를 넘어서는 일,

해서는 안 된다고 하는 것을 하는 일이

'영웅'의 증거인 것처럼 느껴졌다.

아이들은 산더미처럼 많은 규칙을 익혀야 한다

『톰 소여의 모험』의 주인공은 아주머니가 시킨 벽 칠하는 일을 교묘하게 친구에게 맡긴 뒤, 자신은 신나는 모험을 시작합니다. 그는 따분한 목사님의 설교를 엉망으로 만들기도 하고, 무덤 가에서 살인 현장을 목격하기도 하고, 또한 길을 잃고 헤매던 동굴 속에서 해적의 금화를 발견하여 일약 영웅이 되기도 합니다.

키에르케고르의 말 중에 '인간이란 절망하는 존재다'라는 말이 있는데, 이런 식으로 말을 해보자면 '아이들이란 장난을 치는 존재다'라고 말할 수 있을 것입니다. 어렸을 적에 한 번도 장난을 쳐 보지 않았던 사람은 없을 것입니다. 누구나 철이 들기 시작하면서 장난을 칩니다. 그리고 어머니 아버지에게 야단을 맞아 가면서 조금씩 성장해 갑니다. 그런데 바로 거기에 인간이 여러 가지 규율, 즉 '규칙'을 익힘으로 해서 '인간'이 되어 간다는 사실이 상징적으로 나타나는 것입니다.

영국의 철학자 흄은, '결국 인간이나 사회는 모두 수많은 규칙의 집합으로 이루어진 것이다'라는 생각을 표명했습니다. 이것은 뛰어난 발상입니다. 동물의 생활은 대체로 본능에 의해서 질서가 유지되고 있습니다. 하지만 인간은 본능보다는 오히려 수많은 규칙을 만들어, 그것으로 생활의 질서를 유지하고 있다고 말할 수 있을 것입니다. 하지만 규칙은 본능과는 달리 자연스럽게 형성되는 것이 아닙니다. 인간은 규칙의 집합으로써 완성되어지는 것인데, 바로 그렇기 때문에 그것이 제대로 이루어지지 않으면 여러 가지 문제점들이 생겨나게 되는 것입니다.

인간은 '자아'적 동물이라는 말을 곧잘 들곤 합니다. 이 말처럼 인간은 '자아'를 가지고 있기 때문에 여러 가지 고뇌를 품게 되는 것인데, 우선 여기서 확인을 해두고 싶은 것은 '자아'란 다시 말하자면 이 여러 가지 규칙들의 집합이라는 사실입니다. 이렇게 생각함으로 해서 인간에 대한 여러 가지 사실들이 선명하게 떠오르기 시작합니다.

'장난'이란 무엇일까요? 부모님이 가르쳐 주신 규칙을 조금 어겨 보는 것입니다. 아이들은 '장난'을 친다는 말을 뒤집어 보면, 아이들은 언제나 부모로부터 수많은 규칙을 배우며 자란다는 말이 됩니다.

처음으로 주어지는 규칙은 '안 돼'라는 금지

애초부터 어른과 아이 사이의 첫 규칙 관계는 '금지'입니다. 어머니는 아기가 이상한 것을 먹으려고 하면 '안 돼'라고 말합니다. 더러운 것을 만지려고 하면 '안 돼. 안 돼'라고 말합니다. 그것이 어머니가 자신의 아이에게 처음으로 부여하는 '금지', 즉 첫 규칙입니다.

인간의 아이들은 언제나 수많은 '규칙' 속에서 성장합니다. 생각해 보면 '언어' 자체가 이미 하나의 규칙입니다. 어머니를 '엄마'라고 부르는 것도, 먹을 것을 '맘마'라고 부르는 것도 모두 '규칙(=이미 결정된 일)'으로 아이들은 실로 수없이 많은 규칙을 조금씩 축적하면서 성장해 간다는 사실을 알 수 있습니다.

그리고 중요한 것은 우리들은 자신들 속에 축적된 이 규칙의 집합을 의식하지 못한다는 사실입니다. 이 규칙의 집합이 바로 인간의 '자아'라는 것인데, 여기에는 조금 중요한 비밀이 숨겨져 있습니다. 자아는 규칙의 집합이지만, 그렇다고 해서 그것이 '자아가 수많은 규칙을 알고 있다'는 뜻은 아닙니다. 인간은 자신도 모르게 익히는 규칙이 헤아릴 수도 없이 많지만, 그런 것들을 하나하나 의식적으로 기억하고 있는 것은 아닙니다. 오히려 대부분의 규칙은 '익히고', 그리고 '잊혀지는 법'입니다. 그리고 바로 이것이 인간의 '자아'라는 것의 비밀입니다.

'자아'란 무엇일까요? 자아란 어떤 의식, 규칙을 알고 그것을 지켜야겠다고 하는 '의식'이 아닙니다. 오히려 '자아'란 여러 가지 감각, 감수성, 미의식이라고 할 수 있습니다. 어떤 것을 보고 '훌륭하다'라든가, '어머, 무서워', '저거 꼭 갖고 싶어'라고 생각하는 것, 즉 여러 가지 사물이나 현상에 대해서 여러 가지 감정이나 욕망을 품는 바로 그것을 말합니다. 바로 여기가 중요한 것인데, 우리들은 우리들의 감정이나 욕망은 천성적으로 타고나는 마음의 움직임이라고 생각하고 있지만 사실은 그렇지가 않습니다.

‘훌륭하다’, ‘어머, 무서워’ 등과 같은 정동(情動)의 대부분은 부모로부터 부여받은 수많은 규칙이 자신도 모르는 사이에 ‘몸에 배고’, 그리고 ‘잊혀진 것’의 결과입니다. 늑대에 의해 길러진 아이는 ‘아름답다’, ‘멋있다’라는 감정을 갖지 못하는 법입니다. ‘자아’는 감수성, 세계를 ‘느끼는’ 능력입니다. 그런데 사실 인간이 세계를 느끼는 능력은 규칙의 집합입니다. 바로 이것이 철학에 의한 인간학의 첫걸음입니다.

장난을 통해서
어른들의 세계를 시험해 본다

　그럼 여기서 다시 한 번 처음으로 돌아가 보겠습니다, 아이들이란 장난을 치는 존재입니다. 아이들을 묘사한 이야기 중에는 ‘장난’을 그 계기로 삼고 있는 것들이 많습니다. 피노키오는 제페트 할아버지와의 약속을 지키지 않고 인형극을 보다가 한바탕 소동을 일으키며, ‘닐스의 모험’에서 장난꾸러기 닐스는 요정 도무테에게 장난을 치다가 자신도 난쟁이가 되어 집거위를 타고 여행을 떠나게 됩니다. 어린아이들에게 있어서 '장난'이란 무엇일까요?

'장난'이란, 즉 아이들이 어른들로부터 부여받은 '규칙'의 세계를 콕콕 찔러 보는 행동입니다. 처음에 아이들은 부모로부터 부여받은 규칙을 굳게 지킵니다. 하지만 어느 순간부터 아이들은 장난을 시작합니다. 어른들의 규칙의 세계는 얼마나 견고할까? 그것을 조금 어기면 어떤 일이 일어날까? 장난을 침으로 해서 아이들은 어른의 세계가 어떤 느낌인지를 처음으로 확인하게 되는 것입니다.

흥미로운 사실 한 가지 더. 아이들은 종종 친구들끼리 장난을 칩니다. 여럿이서 나쁜 짓을 하면 무섭지 않습니다. 이때 그들은 지금까지 절대적이었던 어른들의 규칙의 세계를 처음으로 자기 친구들끼리의 규칙으로 상대화합니다. 지금까지는 말을 잘 듣는 것이 '좋은 일'이었지만, 친구들 사이에서는 오히려 대담하게 장난을 칠 수 있는 아이가 용기 있는 아이로 인정받게 됩니다. 여럿이서 치는 장난을 통해서 아이들은 비로소 세계를 이중화하고, 자신들의 세계를 어른들의 세계와 대치시키는 것입니다.

아이들에게 있어서 '장난'은 세계에 대한 첫 탐험입니다. 아이들은 언젠가는 자신들의 사회를 만들어 나가야 할 존재인데, 그것을 위해서 주어진 규칙을 절대화하지 말고 오히려 '사회의 규칙'의 경중과 내실, 그 의미를 조금씩 시험해 보고 이해해 나가지 않으면 안 됩니다. 아이들은 '장난'이라는 경험을 통해서 언젠가는 어른들 대신 자신들 나름대로의 규칙을 형성해 나갈 준비를 하고 있는 것입니다.

자기애

칭찬을 듣고 싶다는 욕망

'자기애는, 모든 아부 중에서도 가장 강력한 것이다.'

— 라 로슈푸코 『인생의 지혜』

'생일까지 참아라'라고 어머니가 말씀하셨다.

나는 생각에 생각을 거듭했다.

지금 울면 사줄지도 모른다.

하지만 어머니는 넌덜머리를 낼 것이다.

만약 지금 참는다면, 틀림없이 어머니께

칭찬을 받을 것이다……

칭찬을 받고 싶다는 자기애는
인간의 특권

　자존심(프라이드)에 관한 가장 좋은 텍스트는 스탕달의 『적과 흑』입니다. 그리고 자기애에 대해서 가장 잘 알려진 지혜는 누가 뭐래도 라 로슈푸코의 잠언집인 『인생의 지혜』일 것입니다. 이외에 몇 가지를 더 들어 보겠습니다.

- 보통 사람들은 칭찬을 듣고 싶기 때문에 칭찬하는 것이다.

- 자존심은 빚지기를 원하지 않는다. 자기애는 빚 갚기를 원하지 않는다.

- 우리들은 자신을 존경하고 따르는 사람을 반드시 사랑한다. 하지만 자신이 존경하고 따르는 사람을 반드시 사랑한다고는 할 수 없다.

모두가 듣고 보면 고개가 끄덕여지는 말들입니다.

한편 동물의 욕망은 신체적인 '쾌(快)'를 충족시키는 데 있습니다. 인간도 신체적인 욕구를 가지고 있기는 하지만, 인간적 욕망은 이 신체적인 쾌락을 떠나서 인간적인 '쾌(快=에로스)'의 상공을 날아다닐 때 비로소 시작됩니다. 그런 의미에서의 인간의 첫 번째 욕망은 '칭찬을 받고 싶다'(자기애)는 것입니다.

그리스 신화 중에, 물에 비친 자신의 모습을 보고 사랑에 빠져 애를 태우는 나르시스의 이야기가 있는데, 바로 그 옛날부터 인간에게 있어서 '자기애'는 기본적인 것이었으며, 또한 인간 독자의 것이라는 사실을 인식하고 있었던 것입니다. 그렇다면 왜 인간에게만 '자기애'가 있는 것일까요?

그 비밀도 역시 인간의 '자아'가 규칙의 집합에 의해서 형성된 것이라는 사실 속에 숨어 있습니다.

칭찬을 받고 싶어서
참는 것이 자아의 발아 (發芽)

아기들의 경우 처음에는 어머니가 무엇이든 다 보살펴

줍니다. 그러다가 아기들은 어느 순간부터 어머니의 '금지'와 만나게 됩니다. 이것이 처음으로 체험하는 규칙입니다. 물론 아기는 처음에는 이것에 저항하지만, 점점 '금지(=규칙)'를 받아들이게 됩니다. 그것이 상징적으로는 '울고 싶은 것을 참는다'는 경험으로 찾아옵니다.

처음에는 무슨 일이든 울기만 하면 어머니가 다가와서 이것저것 다 보살펴 주었습니다. 이 무렵의 아이들에게 있어서 '우는 것'은 전능의 힘인 셈입니다. 그런데 아이들은 어느 시점에서부터 '울고 싶은 것을 참는 법'을 배우게 됩니다. 물론 그것은 그리 쉬운 일이 아닙니다. 하지만 울고 싶은 것을 잘 참으면 어머니는 '그래, 그래. 우리 아기 착하지'라고 말을 합니다. 다른 금지를 잘 지켰을 때에도 '어머, 착하기도 해라'라고 말을 합니다. 이것이 처음으로 '칭찬'을 받게 되는 체험입니다. 아이들이 규칙을 받아들이는 경험을 하는 데 있어서 이것은 매우 중요한 것입니다.

즉 아이들은 고양이 족(族)이 아니라 강아지 족(族)입니다. '칭찬을 받으면 기쁘다'는 이 느낌 없이 인간의 자아라는 것은 형성되지 않습니다. 이것이 '자아'라는 것의 첫 발아입니다.

참는 일, 금지를 지키는 일. 이것들은 결과적으로 어머니의 기분을 좋게 합니다. 즉 어머니와 아이 사이의 '관계 감정(關係感情)'이 좋아집니다. 참는다는 행동은 '관계 감정'이 좋아지는 것이라는 새로운 에로스와의 교환에 의해서 행해지는 것입니다. 참는다거나 금지를 지키는 일, 즉 규칙을 지키는 일이 칭찬을 받는 일, '너는 착한 아이다'라는 감각과 연결됨으로써 비로소 인간은 '자기애'에 대한 감각을 깨닫게 되는 것입니다. 바로 이것이 인간이 '자아'적 동물이 되어 가는 첫 번째 풍경이며, 따라서 '자아'의 본질은 그 대부분이 '칭찬 받는 것', '사랑 받는 것', 즉 '타자로부터 좋은 평가를 받는 것'에 의해서 만들어지는 것입니다.

'자아'는 규칙의 집합이라고 말했지만, 위의 입장에서 보자면 '자아'란 오히려 부모(또는 타인)와 맺은 '규칙 관계의 집합'이라고 말하는 편이 더욱 정확한 것일지도 모르겠습니다.

어린 시절의 자기애는 '착한 아이'와의 교환

와일드는 '자기애는 인생의 긴 로맨스의 시작이다'라고 말했습니다. 참으로 옳은 말로, 인간은 가장 먼저 '자기애'를 본질로 하는 '자아'로써 만들어지는 것인데, 앞서도 말한 것처럼 그 사실은 '잊혀져' 있습니다. 바로 그렇기 때문에 여기서 '자아'라는 것이 연출해 내는 신비한 드라마가 태어나게 되는 것입니다. 그것은 우선 이런 느낌으로 다가옵니다.

어렸을 때는 누구나 자연스럽게 '자기애'를 갖게 됩니다. 칭찬받고 싶다, 귀여움받고 싶다, 사랑받고 싶다는 마음을 말합니다. 그런데 이것은 원래 '부모'나 '타인'의 규칙을 받아들임으로써 가능해지는 일이었습니다. 즉 '착한 아이'가 되어야만 그 대신으로 실현할 수 있는 일입니다. 따라서 아이들의 가장 전형적인 목표는 부모나 선생님 모두로부터 칭찬을 받고 좋은 평가를 얻는 '착한 아이'가 되는 것입니다(그것이 불가능해지면 재미있는 아이, 어떤 재능을 가지고 있는 아이, 조금 남다른 아이 등이 됩니다).

즉 아이들은 성장해 감에 따라서 자신을 타인들의 평
가에 견딜 수 있는 인간으로 만들어 가려고 합니다. 그
리고 그 무렵에는 '자아'에 대한 의식, 즉 '나는 나다'라
는 의식도 확립되는데, 그것은 '자기 이상'이라는 형태
를 취하게 됩니다. 바로 여기서 문제가 생기는 것입니
다. 즉 이 무렵 아이들은 한편으로는 '착한 아이'가 되고
싶다는 기분에 사로잡혀 있으면서도, 다른 한편으로는
자신 속의 부정할 수 없는 이른바 이기적인 '자기애'를
서서히 깨닫게 되는 것입니다.

부모의 기대에 부응하여 '착한 아이'가 되고 싶기는
하지만, 그 기대에 충분히 부응하기란 매우 어려운 일이
라는 것이 인간 '자아'가 느끼는 가장 첫 번째 트러블입
니다. 다음으로 스스로 '착한 자신'이 되자고 하는 자기
이상을 가지고 있기는 하지만, 자신 속에 이기심이라는
추한 것도 있다는 사실을 깨닫고 고민하게 되는 것이 두
번째 트러블입니다. 이외에도 더 있지만, 우선 이 두 가
지가 기본형이라고 말할 수 있을 것입니다.

인간은 처음 '자기애'에서 출발하는 존재로, 이것은
평생을 따라다닙니다. 바로 그렇기 때문에 여러 가지 갈

등, 고뇌와 관계를 맺게 됩니다. '자아'란 바로 자기 자신과의 길고 긴 로맨스로, 이 로맨스를 제대로 성취하기 위해서는 '자아'라는 것의 정체를 제대로 이해하는 것이 최선의 방법입니다.

왜 학교에 가는 걸까?

규칙을 익히기 위한 원천

'태어나서 죽을 때까지, 인간이란 깨어 있는 한 끊임없이 무엇인가의 교육을 받게 되는 법이라네. 그리고 그 교육자 중에서도 가장 으뜸이 되는 것은 바로 인간관계라 불리는 것이지.'

—마크 트웨인 『인간이란 무엇인가』

어렸을 때는 학교에 꼭 가야만 한다,

고 생각했다. 하지만 어른이 되고 보니,

학교에서 배운 것들이 도움이 되는 것 같지도 않다.

그럼, 그 6년이라는 시간은 뭐였을까?

옛날에는 태어날 때부터 인생이 결정되어 있었다

왜 학교에 가야 하는 건지에 대해서 생각해 본 경험은 누구에게나 있었을 것이라고 생각합니다.

학교는 귀찮은 곳입니다. 이지메나 차별과 같은 문제가 일어나기도 하며, 인간을 성적으로 비교합니다. 싫어하는 선생님을 만나 공부까지 싫어지는 경우도 있습니다. 이상한 아이가 있어서 자신의 아이도 나쁜 영향을 받게 되는 것이 걱정이라고 고민하는 부모님도 많습니다. 학년이 올라가면 진학이나 학원 등의 문제가 기다리고 있습니다. 학교라는 것이 정말 필요한 것인지 의문스러워집니다.

실제로 학교는 모든 악의 근원이라고 생각하는 사람도 있습니다. 학교는 인간을 관리와 규율 속에 집어넣고, 원래는 자유로워야 할 인간을 국가의 형편에 유리한 규칙에 따르게 하는 곳이라는 설까지 접할 수 있을 정도입니다. 하지만 무엇보다도 사회라는 것이 존재하는 한, 교육이라는 것이 존재하지 않을 수 없습니다.

지금은 교육이나 학교 모두 지극히 당연한 것이 되어 그 누구도 그것을 고마워하지 않습니다. 하지만 근대 초기에만 해도 교육과 학문은 많은 사람들에게 있어서 커다란 희망과 가능성의 통로였습니다. 후쿠자와 유키치 (1834~1901. 일본 메이지 시대의 계몽 사상가, 교육가. 게이오기주쿠의 창립자. 『서양 사정』, 『학문을 권함』, 『문명론의 개략』 등 – 역자 주)는 '교육은 다시 말해서 독립 자존의 길을 가르치는 것이다'라고 말했습니다. 철학자 칸트도 '사람에게서 교육의 결과를 제한다면 아무것도 남지 않는다'라고 말했습니다.

학교에는 여러 가지 문제가 있지만, 그 전에 먼저 사회에 있어서 교육이라는 것의 존재 이유를 생각해 보는 것도 결코 쓸데없는 일은 아닐 것입니다.

한마디로 말해서 '교육'이란 근대 사회를 지탱하는 가장 중요한 기둥입니다. 그리고 가장 중요한 기능은 사람들을 지금까지 속해 있던 공동체에서 해방시켜, 일반 시민이라는 자유로운 경쟁을 위한 스타트라인에 공평하게 서도록 하는 것입니다.

근대 사회 이전의 '공동체 사회'에서 아이들이 부모로

부터 부여받은 규칙이나 규범은 강력하고 절대적인 것이었습니다. 그 속에서 아이는 성장하여 다시 아버지나 어머니와 같은 존재가 되는 것 이외에는 공동체 속에서 살아갈 길이 전혀 없었습니다. 따라서 규범이나 규칙은 절대적인 것이었으며, 받아들일 수밖에 없는 것이었습니다.

하지만 근대 사회에서 아이들은 '학교'에 갑니다. 학교에서는 어떤 일이 행해질까요? 무엇보다도 중요한 것은 근대 사회의 학교에서는 여러 가지 계층의 아이들이 모여서 그 출신이나 배경은 지우고 이름만으로 서로를 부르며, 같은 교과를 공부하며 서로 경쟁한다는 점입니다. 학교에서는 여러 가지 것들을 가르칩니다. 수학이나 사회, 국어 등과 같은 교과는 사회에 대한 전반적인 지식입니다. 거기서는 아이들의 계층이나 출신, 종교 등과 같은 것은 그다지 중요하지 않은 것이기 때문에, '저 녀석은 마을 밖에서 왔는데 산수를 아주 잘 해'라든가 '이 녀석 집은 가난하지만 달리기가 아주 빨라'라는 등의 일들이 벌어집니다.

다시 말하자면 인간은 처음으로 공동체의 속성에서 일단 벗어나, 단순히 '이런이런 이름의 인간'으로서 여러 가지 능력을 겨루게 됩니다. 바로 그렇기 때문에 일

반 사회에서는 좀처럼 일어나지 않는 인간의 평준화라
는 현상이 일어나게 됩니다. 그런데 바로 그것이 무엇보
다도 중요한 점입니다.

근대 사회의 학교는 인간을 '평준화'시키기 때문에
좋지 않다고 하는 의견도 있습니다. 하지만 도저히 사려
깊은 의견이라고는 볼 수가 없습니다. 근대 이전의 사회
는 기본적으로 신분 사회, 질서 사회, 공동체 사회였습
니다. 농민의 아들은 농민으로, 상인의 아들은 상인으
로, 무사의 아들은 무사로, 귀족의 아들은 귀족으로 성
장했습니다. 하지만 근대 사회에서는 여러 계층의 아이
들을 '학교'에 모아 그 배후 관계는 지워 버리고 같은 교
과로 경쟁하도록 합니다. 바로 이것이 평준화라는 것으
로, 다시 말하자면 아이들이 사회로 나가는 데 필요한
모든 지식을 배우게 하여, 자유로운 경쟁의 스타트라인
을 가능한 한 평균화하겠다는 것입니다.

또 한 가지 중요한 것은 인간은 학교에 가서 처음으로
여러 가지 계층, 여러 가지 출신의 사람들과 만나게 되
고, 자신과는 생활 조건이 다른 이질적인 사람들과 관계
를 맺게 된다는 사실입니다. 같은 종류의 인간들끼리만
사귀는 비율이 높을수록 인간은 시야가 좁아지고 편협

해지기 쉽습니다.

다양한 인간과의 관계를 가지면서, 그래도 인간이란 모두 같은 것이라는 무의식의 감각을 기르는 것, 바로 이것이 타인을 자유로운 존재로서 인식하기 위한 가장 자연스러운 묘판인 것입니다.

개성이나 인간성을 기르는 것이 목적이 아니다

그런 이유로 대국적인 입장에서 말하자면, 현대 사회의 '학교'에서 가장 중요한 것은 개성을 기를 수 있는가, 인간성이 중요하다는 등의 것이 아니라 다양한 인간이 평준화된 방식으로 서로 많은 관계를 맺는 것, 그것을 통해서 공정하고 자유로운 게임이 행해질 수 있도록 하는 것입니다. 공정한 규칙과 게임에 대한 감각을 그 속에서 자신도 모르는 사이에 기를 수 있는 것. 이것이 아이들이 자라서, 사회는 자유로운 규칙에 바탕을 둔 게임이라는 감각을 익히게 하는 원천이 되는 것입니다.

따라서 학교가 계층화, 특권화되면 건전한 시민 사회

에 치명적인 것이 될 가능성이 있습니다(특히 의무 교육에서는). 하지만 현실 사회는 치열한 생활의 장소이기 때문에, 그런 공정한 게임만 있는 것이 아닙니다. 여러 가지 모순이나 교활한 게임도 행해지고 있으며, 그것을 근절하기란 그리 쉬운 일이 아닙니다. 하지만 학교는 이 사회가 공정한 게임이라는 사실의 모델적인 장소로 존재해야만 합니다. 왜냐하면 아이들은 말 그대로 미래의 새 싹이므로 그들이 처음부터 인간의 게임이란 어차피 이런 것이라는 감각을 익혀 버리게 되면, 세상에는 희망이라는 것이 사라져 버리기 때문입니다.

근대 사회에 있어서 학교는 인간이 삶의 방식에 대한 자기 결정을 내리는 데 없어서는 안 될 디딤돌입니다. 자기 결정이라는 점에서 중요한 것은 리세트 기능이 효력을 발휘한다는 점입니다. 예전에는 인간의 인생이 처음 주어진 조건에 의해서 90% 결정되어 있었습니다. 제아무리 뛰어난 자질을 갖춘 사람이라도, 예를 들어서 우연히 형편없는 부모, 형편없는 인생, 형편없는 시어머니, 형편없는 영주 등의 밑에서 태어나면, 그것으로 그 사람의 일생에는 더 이상 희망이 없어지게 되는 것입니다.

학교는 여러 가지로 좋지 못한 말들을 듣습니다. 그렇

습니다. 구체적으로는 여러 가지 교육적 문제점들이 있습니다. 하지만 근본적으로는 무엇과도 바꿀 수 없는 소중한 존재 이유를 가지고 있다는 사실을 잊어서는 안 됩니다. 교육에 대해서 무엇보다도 먼저 예로 들고 싶은 고전적인 텍스트는 루소의 『에밀』과 플라톤의 『국가』에 나오는 '동굴의 비유' 등입니다.

근대 사회의 장점은 처음 주어진 조건이 아주 좋지 않아도 어떻게든 그것을 바꿀 수 있는 가능성이 있다는 점입니다. 학교는 부모의 출신이나 속성, 그 외의 여러 가지 관계를 리세트하는 곳입니다. 태어난 조건을 리세트할 수 있다는 점, 그리고 낙오하거나 타락해 버려도 마음만 먹으면 리세트하여 게임을 다시 시작할 수 있는 가능성이 있다는 점. 이것이 시민 사회의 '자유'라는 것의 가장 큰 이점이며, 학교는 그것을 지탱해 주는 핵심적인 제도인 것입니다.

부모와 자식 간의 엇갈림

'자아'에 대한 무의식적 각인

'부모는 장난으로라도 아이를 속이지 말라.'

— 한비 「한비자」

부모의 말은 '절대적인 것'이라고 생각했다.

그랬기 때문에 부모의 말을 들었으며, 명령에도 따랐다.

하지만 어른이 된 지금 부모의 말은

절대적인 것이 아니었다는 사실을 깨달았다.

'자아'는 선천적으로
갖춰져 있는 것이 아니다

　어린 시절의 트라우마라는 말을 자주 듣습니다. 유소
년 시절에 받은 마음의 상처가 후에 인격을 형성하는 데
영향을 준다는 뜻. 이것은 무엇을 말하는 것일까요?

　동물에게 있어서의 세계란 '자연 환경'의 세계입니
다. 따라서 동물이 살아가는 데 있어서 기본이 되는 수
단은 여기에 적응되도록 만들어진 본능과 육체의 힘입
니다. 그런데 인간이 가지고 있는 세계는 '자연 환경'의
세계가 아니라, 여러 가지 규칙이라는 그물의 눈으로 이
루어진 '관계의 세계'입니다. 이 규칙이라는 그물의 눈
이란 우선 언어, 그리고 습관적 규칙, 관습, 사회적인 모
든 제도, 법률 등을 말합니다. 종교도 마찬가지입니다.

　'관계의 세계'는 문화, 시대에 따라서 여러 가지로 변
화합니다. 따라서 이야기가 복잡해집니다.

　인간이 가지고 있는 '관계의 세계'는 규칙 관계라는
복잡한 그물의 눈이기 때문에, 본능으로는 여기에 완전
히 대응할 수 없습니다. 그렇기 때문에 인간은 그 대신

'자아' 라는 것을 가지고 있는 것입니다.

자신은 '자아' 의 본질을 의식할 수 없다

'자아' 라는 것은 성장해 가는 과정에서 맺게 되는 인간관계를 통해서 서서히 형성되는 것입니다. '자아' 란 말하자면 인간이 세계의 복잡한 규칙 관계에 적응해 나가기 위한 구조라고 말할 수 있는 것으로, 그 구조도 역시 '자아' 자신이 하나의 규칙의 집합에 의해서 성립되어 있다는 것입니다.

본능이란 이러한 경우에는 어떻게 행동해야 하는가에 대한 행동 기준입니다. 단, 그것은 '신체' 에 처음부터 갖춰져 있습니다. '자아' 도 이런 경우에 어떻게 판단하고 행동해야 하는가에 대한 기준이지만, '자아' 는 부모와 자식 간의 관계에 있어서의 규칙 형성을 통해서 조금씩 익혀 가는 것입니다.

예를 들어서, 무엇에 접근해도 좋은지, 무엇에 지나치게 접근해서는 안 되는지를 동물에게 가르치는 것은 자

연의 '본능'입니다. 하지만 인간은 그것을 모두 부모의
여러 가지 '금지'를 통해서 배워 갑니다. 위험한 음식에
대한 금지, 배설에 대한 훈련, 식사, 의복, 청결에 대한
여러 가지 규범 등과 같은 것은 모두 인간 세계 독자의
규칙입니다. 여러 가지 금지와 규범을 암암리에 규칙으
로 기억하고 '잊어버리는 것', 즉 인간은 '신체화'를 통
해서 비로소 '문화적'인 존재로 성장하는 것입니다.

철학적으로는 이를 다음과 같이 정리할 수 있습니다.

인간은 여러 가지 규칙을 부여받아 그것을 '신체화'
함으로써, 즉 '자아'로 내면화함으로써 한 사람의 '인
간'이 되는 것입니다. 중요한 것은 '자아'란 그러한 규칙
이 집약된 것이지만 '자아'는 그것을 의식하지 못하고
있으며, 단지 자신의 감수성이나 미의식으로써 가지고
있다는 점입니다. 그런 의미에서 '자아' 자신이 하나의
규칙의 집합이지만, 이 규칙의 실상은 '진 · 선 · 미'의
규칙이라고 할 수 있습니다. 즉 '어떤 것이 좋고, 어떤
것이 나쁜가?', '무엇이 아름다운 것이며, 무엇이 더러
운 것인가?', '무엇이 진실이고, 무엇이 거짓인가?'라고
하는 규칙입니다.

이 '진위(眞僞)', '선악(善惡)', '미추(美醜)'에 대한 규칙

은 일반적으로 그 사람의 윤리관, 미의식, 감수성이라는 형태로 유지됩니다. 그것은 말하자면 인간적인 '가치의 규칙'입니다. 바로 그렇기 때문에 인간에게는 여러 가지 복잡하고 귀찮은 문제들이 일어나는 것입니다.

 타인과 관계를 맺지 못하는 것은 어째서일까?

여기까지가 서론. 지금부터 부모와 자식 간의 관계에 대한 기본 문제에 대해서 이야기해 보겠습니다.

'자아'는 암암리에 형성된 '가치의 규칙'이기 때문에, 이것이 제대로 형성되어 있으면 타인과의 관계도 원만하게 이루어집니다. 원래 자아의 '가치 규칙'이란 주위 세계에 잘 적응하기 위한 '본능'의 대체품으로, 복잡한 인간 세계의 규칙이라는 그물의 눈에 잘 적응할 수 있도록 형성되어 있는 것이기 때문입니다.

따라서 이렇게 말할 수도 있습니다. 사춘기 이후 다른 사람과 원만한 관계를 잘 맺지 못한다고 생각된다면, '자아'의 규칙이 어떤 이유로 인해 제대로 형성되지 않았을 가능성이 있다고 생각해도 좋다는 것입니다(이렇게 단정적으로 말하는 것은 금물이지만).

여기서 부모와 자식 간에 '가치 규칙'의 형성 과정에서 발생하는 몇 가지 중요한 문제점에 대해서 정리해 보도록 하겠습니다.

:: 아버지와 어머니의 규칙이 일치하지 않고 분열되어 있는 경우

부모의 관계가 원만하지 못한 경우. 대체로 양 부모는 각자 무의식중에 아이를 자기편으로 만들려고 한다. 아이는 '자기 규칙'을 형성하는 과정에서 부모의 규칙을 받아들이는 법이기 때문에, 이런 경우에는 이쪽을 받아들이면 저쪽을 받아들이지 못하는 '분열'을 경험하게 된다. 그리고 이 '분열'의 괴로운 의식을 피하기 위해서 지나치게 자기 방어적이 되거나 공격적이 되는 등의 이차적인 비뚤어짐이 일어난다.

:: 부모가 부여하는 규칙과 사회의 규칙이 분열되어 있는 경우

부모가 부여하는 '좋고 나쁨'과 세상의 '좋고 나쁨'의 규칙에 어긋남이 있다. 그렇기 때문에 친구들과의 관계에 제대로 적응하지 못한다. 또한 아이도 '자기 규칙'을

이중화시키는 경향을 보인다.

:: 부모의 규칙이 애정에 의해서가 아니라 자신들의 사정에 따라서 주어지는 경우

아이는 부모의 규칙에 대해서 자연스러운 신뢰를 갖지 못하고, 강한 불신감이나 강한 불안감을 품게 된다. 하지만 그것은 전체적으로 강한 죄악감을 형성한다. 어쨌든 이 경우에는 '자기 규칙'이 자신이 납득할 만한 것이 되지 못한다(강한 억압감, 부당감, 강한 죄악감의 조합은 종종 강박 신경증의 원인이 된다).

'자아'는 언젠가, 어디에선가 수정될 운명

이런 모든 경우에 있어서 '자기 규칙'의 분열, 비뚤어짐, 죄악감, 불완전한 형성 등과 같은 일들이 일어나기 쉽습니다. 또한 자기 규칙의 분열이나 비뚤어짐은 '자아'에 대한 불안과 불신을 가져다 주기 때문에, 그것을 없애려고 과도한 방어나 공격성을 보이게 됩니다. 그것

이 또한 자연스러운 인간관계에 마이너스 요인으로 작용하는 것입니다.

예를 들어서 꾸밈없는 성격을 가진 사람이나, 밝은 성격을 가진 사람, 즉 자신의 '좋고 나쁨', '아름답고 추함'의 규칙과 일반적인 그것이 일치하는 사람은 대부분의 상황에서 사람들과 원만한 관계를 유지합니다. 하지만 그런 사람은 미인이나 우등생과 마찬가지로 이 세상에 20% 정도밖에 존재하지 않습니다. 오히려 많은 사람들은, 특히 청년기에 '자신(＝자아)'에 대해서 문제점을 느끼고 여러 가지로 고민을 합니다. 그럴 경우 우선 생각해 봐야 할 것이 이와 같은 부모와의 관계에서 유래하는 '자기 규칙'의 엇갈림이나 분열의 가능성입니다.

참고로, 청년기 이후의 인간에게 있어서 중요한 아이템은 타인과 좋은 관계를 맺는 능력, 어려울 때 서로 대화를 주고받아 관계를 수복할 수 있는 능력인데, 결국이는 '자아'가 안정되어 있다는 뜻입니다.

건전하고 안정된 '자아'의 표식은 대체로 다음의 세 가지입니다.

① 자신의 '좋음·아름다움·옳음'의 규칙을 자립적으로 확실하게 형성해 가지고 있다.

② 자신의 '가치 규칙(자기 규칙)'을 고정적인 것이라 생각하지 않고 타인과의 관계 속에서 그것을 조정해 나갈 수 있다. 그렇기 때문에 자기 규칙을 확실하게 표현할 수 있으며, 타인의 규칙 또한 쉽게 받아들이고 이해할 수 있는 능력이 있다.

③ '자기 규칙'을 사회적인 능력으로 활용해 나갈 수 있다.

부모와 자식 간의 관계에 있어서 '자기 규칙'의 형성은 특히 ①과 관계가 있는데, ①이 제대로 이루어지지 않으면 당연히 ②와 ③에 커다란 영향을 줍니다. 따라서 타인과 원만한 관계를 유지하지 못한다는 느낌이 든다면, 우선 자기 규칙의 모습, 즉 부모와 자식 간의 관계에서의 가치 규칙 형성 과정에 있어서 분열이나 비뚤어짐의 가능성을 생각해 볼 필요가 있습니다.

CHAPTER **3**

젊은이의
철학

힌트 1, '자기 의식' 속에서는 모든 사람이 언제나 자유.

힌트 2, 자신을 인정하는 것도 상대화하는 것도 모두 '타자'의 시선.

힌트 3, '자기 실현'을 위해서는 승인 게임에의 참가가 절대 조건.

자기 의식의 자유

자기 속에서만의 '나는 나', '저는 저'

'모든 사람들은 자신의 앞을 본다.
나는 자기 내부를 본다.
나는 자신만을 상대한다.
나는 언제나 자신에 대해서 고찰하고 검증하며 음미한다.'

—몽테뉴 『수상록』

무엇인가를 강요받으면
'나는 나다',
무엇인가를 지적 받으면
'누가 뭐래도,
나는 자유다'라고……
하지만 나는 내 속에서만 자유로웠다.

자신 속에서 어느 순간 발견하게 되는 '나는 자유다'

나카지마 아쓰시(中島敦)의 유명한 소설 중에 『산월기(山月記)』라는 것이 있습니다. 주인공인 이징(李徵)은 훌륭한 자신으로 남고 싶어 하지만, 결국 이를 이루지 못하고 그 헛된 고집 때문에 호랑이가 된다는 이야기입니다.

사춘기는 인간의 '자아'가 비정상적으로 부풀어 오르는 시기입니다. 전철 안에서 이야기를 하고 있는 고등학생의 말을 조금 주의 깊게 들어 보면 그 사실을 알 수 있습니다. 모두가 앞다퉈서 '자신이 자신이라는 사실'을 증명하려고 한시도 입을 다물고 있지 않습니다. 젊은이는 종종 아무렇지도 않게 무모한 짓을 하는데, '자신이 자신이라는 사실'을 모두에게 알리려고 하는 것이 무의식적으로 그들을 움직이고 있는 것입니다. 이것을 철학에서는 '자기 의식의 욕망'이라고 부릅니다.

청년기의 격렬한 자의식의 드라마를 그린 소설로는 이외에도 미시마 유키오(三島由起夫)의 『금각사』, 발레리의 『데스트 씨와의 하룻밤』이 유명합니다. '자신이 자신이라는 사실'을 확인하고 싶다는, 혹은 참으로 독특한 자신이고 싶다는 격렬한 희구가 바로 젊은이의 가장 커다란 욕망입니다.

그런데 거기에는 나름대로 그럴 만한 이유가 있습니다. 인간은 사춘기 무렵부터 자기 의식 속에서 자신은 '자유'로운 존재라는 사실을 그야말로 갑자기 '발견'하는 것입니다.

인간의 자각이란 참으로 재미있는 것입니다. 처음에는 누구나 규칙을 부모로부터 일방적으로 강요받게 됩니다. 식사를 할 때의 예절에서부터 말하는 방법, 아침에 일어나서 밥을 먹고 학교에 가서 공부를 하는 등의 모든 생활이 부모로부터 부여받은 '규칙'에 의해 이루어집니다. 생각해 보면 생활 방식을 스스로 생각해서 자신이 결정하는 일은 거의 없습니다. 부모가 부여하는 그러한 규칙이 어딘가 마음에 들지 않는다고 생각하면서도 아이들은 전혀 다른 생활 방식을 취할 수 없기 때문에, 결국에는 부모가 말한 방식대로 점점 성장해 갈 수밖에 없는 법입니다.

그런데 어떤 시기가 되면 아이들은 갑자기 자신의 '자유'라는 것을 발견합니다. 어째서일까요? 그것을 한

마디로 표현하자면, 자신의 내면으로 사물을 생각하게 되기 때문입니다. 즉 '사고'하기 시작하기 때문입니다. 부모가 강요하는 여러 가지 규칙이 '귀찮다'거나 '강요 받고 있다'고 느끼고 단순하게 그것에 반발하는 것만으로는 아직 그것을 '사고'라고 부를 수 없습니다.

 사고에 의해서 자신을 정당화하고, 주인공이 될 수 있다

예를 들어서 '어머니는 이것저것 꽤 잘난 척 얘기하지만, 자신은 아주 제멋대로다'라든가 '우리 아버지는 거드름을 피우지만, 사실은 속이 좁고 자기보다 약한 사람 앞에서는 잘난 척하려는 인간이다'라는 등과 같은 것을 생각하게 되는 것, 그것이 바로 '사고', 즉 자유로운 사유의 시작입니다.

아이들이 '사고'하게 되는 것은 언어가 조금씩 쌓여, 그것이 일정 수위를 넘어서 넘쳐 날 때입니다. '사고'가 시작되면 아이들은 지금까지 몰랐던 '자유'에 대한 감각을 경험합니다. 왜냐하면 '사고'란 현실적으로는 어른들의 규칙의 구속 하에 있음에도 불구하고 자기 의식 속에서는 그 현실에 마음껏 항변하기도 하고, 비판하기도 하는 자유를 갖는 것이기 때문입니다.

젊은이들의 '사고'가 하는 일 중 가장 큰 것은 자신을 정당화하는 것, 그리고 자신을 세계의 절대적인 주인공으로 만드는 것입니다. 그런 이유로 아이들은 보통 14~15세 전후부터 세계의 모든 것을 자기 나름대로 해석하고, 자기 의식 속에서 격렬하게 '나는 나다', '나는 다른 누구도 아닌 나다'라는 감각을 확인하려고 합니다. 결국 사람은 사고의 자유가 찾아와야 비로소 '자신이라는 존재의 더할 나위 없이 소중함'을 실감하게 되는 것입니다. 내적인 사고력에 의해서 자신의 '자유'를 자각하는 것, 그것을 철학에서는 '자기 의식의 자유'라고 부릅니다.

'모두 바보들뿐'은, 언젠가 좌절한다

'자기 의식의 자유'에 대한 갈망은 이처럼 누구나 경

험하는 일인데, 이는 여러 가지 문제점을 가지고 있습니다. 첫 번째, 그것은 '의식'의 내면에서만의 자유로, 그 사람을 둘러싸고 있는 현실은 변함없이 부모님이나 사회의 규칙에 얽매여 있고 구속받고 있다는 점입니다. 자신의 '자유'를 자각하면 사람은 자신을 구속하고 있는 규칙이나 규범을 더욱 귀찮은 것이라 생각하게 되고, 어떻게든 거기서 벗어나려고 합니다. 하지만 대부분의 경우, 현실적으로는 아직 자력으로 자유의 조건을 얻을 수 없기 때문에(그러기 위해서는 스스로 돈을 벌어야만 합니다), 당분간은 내적인 '자유'에 만족할 수밖에 없습니다.

두 번째, '자기 의식의 자유'는 자기 자신을 세계의 절대적인 주인공으로 내세우고 싶어 하지만, 얼마 지나지 않아서 이와 같은 바람은 모든 사람들이 똑같이 가지고 있는 것이라는 사실을 깨닫지 않을 수 없게 된다는 점입니다. '자기 의식의 자유'는 처음에는 자신의 새로운 '자유'를 직관하고, 자기 존재의 더할 나위 없이 소중함, 자신이라는 존재의 독자성에 대한 감각을 놀라움과 함께 부여해 줍니다. 하지만 조금 지나면, 그것은 모든 사람들이 똑같이 가지고 있는 것이라는 사실을 저절로 이해하게 됩니다. '모두 바보들뿐이야. 부모님도, 선생님도, 친구들도. 아무도 내 생각을 이해하지 못한단 말이야 라고 말하는 젊은이도 '자기 의식의 자유(=나는 그 누구도 아닌 나만의 존재다)'가 자신에게뿐만 아니라, 모든 사람들에게 적용되는 평범한 사실이라는 것을 은연중에 깨닫고 있는 것입니다.

나만은 특별한 존재다. '사고의 자유'가 인간에게 이 새로운 진리를 가르쳐 주는 것이지만, 그것은 언젠가는 좌절할 운명을 가지고 있습니다. 따라서 젊은이들의 자기 의식은 내적인 '자유'와 현실의 비참한 조건 사이의 낙차 때문에 분열, 더욱 가엾은 것이 되어 버립니다.

나를 '독자적인 것', '더없이 소중한 것', '특별한 존재'로서 인정하고 싶다는 욕망은 근대 인간들의 본질적인 욕망 중 하나입니다. 하지만 사람들은 좌절을 맛보게 되어 다른 길을 취하지 않을 수 없다는 사실을 언젠가는 깨닫게 됩니다.

다른 길이란? 철학에서는 그것을 '승인 게임'이라고 부르고 있습니다. '승인 게임'이란 서로 과제를 설정해 놓고, 일정한 규칙에 따라서 누가 그것을 잘 수행하는가를 겨루는 게임입니다. 그리고 그것이 '사회'라는 것의

기본형입니다. 이에 대해서는 뒤에서 다시 한 번 자세하
게 다루겠습니다.

자기의식의 세 가지 유형

스토아주의, 회의주의, 불행에 대한 의식

'이 세상에서 여러 가지 사실들을 알고 있으면서도
무력하기 때문에 그것을 어떻게 해보지 못하는 것만큼
슬픈 일도 없다.'

— 헤로도토스 『역사』

나는 '나는 나다'라고 생각하면서도,

그래도 누군가에게 인정을 받고 싶었다.

하지만

'누군가에게 인정을 받고 싶다'는 말만은

무슨 일이 있어도

할 수가 없었다.

자기에게 유리하게 해석할 수 있는 것이 '자기 의식의 자유'

'모두 바보들뿐'이라고 생각하는 '자기 의식의 자유'는 반드시 막다른 골목에 다다르게 되는데, 그 막다른 골목에 이르기까지의 길은 그리 간단하지가 않습니다.

독일의 철학자 헤겔은 '자기 의식'의 세 가지 유형이라는 매우 흥미로운 말을 했습니다.

헤겔은 매우 신기한 철학자로, 한편에서는 근대 최대의 철학자라는 말을 듣지만, 그 대신 현대 사상에서는 가장 나쁜 사람이라는 말을 듣고 있습니다. 여기에는 수긍이 가는 부분이 있는데, 헤겔의 설에 의하면 세계는 전체가 이른바 '신적' 존재입니다. 세계 전체는 '신(=절대적인 정신)'으로 인간은 거기에서 갈라져 나온 개별적인 정신입니다. 분할되어 나온 개별적 정신인 인간은 전체적 정신으로 돌아가려고 역사를 만들어 내는 것이라는 얘깁니다. 지금 이런 설을 진심으로 받아들이는 사람은 없습니다.

하지만 이 특이한 철학자의 철학을 꼼꼼히 읽어 보면, 개별적인 곳에서는 놀랄 만큼 깊은 인간 통찰을 보이고 있다는 사실을 알 수 있습니다. 헤겔을 근대 인간학의 근본적인 창시자라고 평가한 학자도 있습니다.

'자기 의식의 자유'는 원래 헤겔이 만들어 낸 말입니다. 그것은 인간이 '내적인 사고의 자유'를 가지고 있기 때문에 나타나는 인간 특유의 자아의 모습입니다. 그런데 이 '자유'는 아직 '내면에서만의 자유'입니다. 인간은 자신과 세계의 관계를 제 마음대로 생각할 수 있고, 제 마음대로 그려 볼 수 있습니다. 그것이 사고의 자유라는 것인데, 헤겔은 거기서 '자기 의식의 자유'의 세 유형이라는 것을 생각해 냈습니다.

'자신만이 알고 있다'는 만족감

첫 번째 유형은 '스토아주의'입니다.

스토아주의는 그리스 철학의 한 유파인데, 일반적으로는 금욕주의라는 등으로 불리고 있습니다. 스토아주의를 설명하는 데는, 교실에서 선생님이 학생들에게 질문하는 장면을 생각해 보면 좋을지도 모르겠습니다.

　'이 문제의 정답을 말할 수 있는 사람?'

　'네', '네', '저요'라고 많은 학생들이 손을 들어 자신의 생각을 말하려고 합니다.

　하지만 그중에는 한두 사람 정도 결코 손을 들지 않는 학생들이 반드시 있습니다. 자신의 생각이 없는 것도 아닌데 말입니다. 그 학생들은 내심 이렇게 생각하고 있을지도 모릅니다.

　'모두들 선생님과 다른 사람들로부터 자신의 존재를 인정받고 싶어서 열심히 손을 들고 있지만, 나는 손을 들지 않겠다. 나는 훌륭한 의견을 말하지 않아도 여전히 나이며, 사람들에게 인정을 받으려고 자신을 드러내는 경쟁은 하고 싶지 않다.'

　즉 '스토아주의'란 사람들은 승인에 대한 추한 욕망에 사로잡혀서 경쟁을 하고 있지만, 그런 경쟁은 하찮은 것이라는 사실을 '나만은 알고 있다'고 생각하는 자기 의식을 말합니다. 이렇게 함으로써 자기 의식은 자신의 가치와 독자성을 내적으로 확보하려고 하는 것입니다.

타인의 의견의 약점을
찾아내 상대화한다

두 번째 유형은 '스켑티시즘'입니다.

스켑티시즘도 옛날 철학의 한 유파로, 회의주의라는
의미입니다.

한편, 앞선 선생님의 질문에 대해서 회의주의자는 한
동안 여러 사람들의 의견을 듣다가 곧 이런 말을 합니
다. 'A는 이렇게 말했지만, 이 부분이 좀 부족하지 않
아?', 'B의 의견은 단순한 이상에 불과해', 'C의 생각에
는 그럴 만한 증거가 없어……'.

즉 사람들 의견의 약점을 찾아내, 그것을 상대화하려
고 하는 사람이 회의주의자입니다. 이 사람은 어떤 의견
이라도 관점을 조금 바꾸기만 하면 전부 상대화되어 버
린다는 사실을 다른 사람들은 모르고 있지만 '나만은
잘 알고 있다'고 생각합니다. 그렇게 함으로써 '자기 의
식'을 확보하려고 하는 것입니다. 조금 삐딱한 마음을
가진 이런 사람들이 학급에는 반드시 몇 명 존재하는 법
입니다.

보다 강력한 이론을 이용하여
정론을 주장한다

마지막 유형은 '불행에 대한 의식'입니다.

스토아주의와 회의주의를 보면 한 가지 알 수 있는 사실이 있습니다. 그것은 자신의 의견이나 태도는 보류해 두고 타인의 가치를 낮춤으로써 '상대적으로' 자신의 가치를 확보하려는 방법이라는 점입니다.

이에 반해서 불행의 의식은 한 걸음 더 앞서 나가려고 합니다.

'불행의 의식'은 헤겔 시대에는 기독교의 교리였지만, 그보다 머지않은 과거의 마르크스주의를 생각해 보면 쉽게 알 수 있습니다. 이는 세계에 대한 고상하고 강력한 '이야기(이론)'를 '자신의 것'으로 만들려는 것입니다. 젊은이는 지적 호기심이 왕성하기 때문에, 그 시기에 독자적이고 강력한 세계관을 접하게 되면 그 세계에 점점 빨려 들어가게 됩니다. 그렇게 함으로써 그들의 '자기 의식'은 매우 강력한 것이 되기 때문입니다.

왜냐하면 강력한 이론(이야기)을 익히게 되면 세계나

인간의 어떤 문제에 대해서도 훌륭한 말을 거침없이 할 수 있게 되기 때문에, 자신이 아주 뛰어난 존재가 된 듯한 기분이 듭니다. 젊은이가 고상한 이론을 알게 되면 말로는 부모님이나 선생님에게도 지지 않습니다. 부모님은 '이런, 제 한 몸조차 책임지지 못하는 녀석이 입만 살아가지고'라며 한탄을 하게 되지만, 이렇게 되면 그 누구도 젊은이에게 이길 수 없습니다. 훌륭하고 강력한 세계관에 빠져 버린 젊은이는 젊고 아름다운 여인과 마찬가지로 세계에서 가장 강력한 '자기 의식'을 갖게 됩니다.

하지만 이 고상하고 강력한 '이야기'에도 커다란 약점이 한 가지 있습니다. 고상한 '이야기'는 그 속에 훌륭한 인간이 되라는 '요청(=명령)'이 반드시 포함되어 있습니다. 기독교로 말하자면, 신에게로의 절대적인 귀의와 철저한 자기 헌신입니다. 마르크스주의도 이와 비슷합니다. 자신의 모든 것을 버리고 혁명과 인민을 위해서 모든 것을 바치는 사람이 가장 훌륭한 사람이라는 가치 기준이 있습니다.

하지만 그것을 신봉하고 있는 본인은 아직 성장 과정에 있는 젊은이에 불과합니다. 그렇기 때문에 그들은 대체로 고상한 '이야기'가 요구하는 '가장 훌륭한 인간이 되어라'는 명령과 미숙한 부분이 많은 현실의 자신 사이의 커다란 간격 사이에서 분열감을 맛보게 됩니다. 이 '이상과 현실 사이에 대한 분열 의식'이 '불행의 의식'입니다.

자신의 가치를 결정하는 것은
자신이 아니라 타인

이 세 가지가 헤겔에 의한 '자기 의식'의 세 가지 유형입니다.

중요한 것은 이 모든 것이 '자신의 마음속에서만 자기 가치를 확보하려고 하는 헛된 시험'이라는 사실입니다. 그런데 사람이라면 모두 크든 작든 간에 자기 속에서만 자기 가치를 확보하려고 하는 이 시험을 경험하는 법입니다. 바로 그것이 흥미로운 점입니다.

하지만 다시 한 번 말하자면, 인간의 자기 가치는 '타자의 승인'이라는 것을 필요로 합니다. 타자의 승인만이 자연스러운 자기 가치를 가져다 주는 법입니다. 그런데 그것은 매우 어려운 일입니다. 바로 그렇기 때문에 사람

들은 자신의 '자유로운 사고' 속에서 자기 가치를 획득
하려고 합니다.

　하지만 근본적으로 이 시험에는 무리가 뒤따릅니다.
자기 마음속에서 세상을 마음대로 해석하여 자기 가치
를 확보한다는 것이 불가능하다는 사실을 깨닫고 나서
야 비로소 인간은 '어른'이 되는 것입니다. 하지만 세상
에는 나이만 먹었지 그 사실을 좀처럼 깨닫지 못하는 사
람도 적지 않습니다.

참된 자신

고뇌로부터의 도피

'인간은 자신이 타인보다 떨어지는 것은 능력 때문이
아니라 운 때문이라고 믿고 싶어 하는 법이다.'

—플루타르코스 『다변에 대하여』

공부, 운동, 연애 모두 내 생각대로 되지 않는다.

사실은 이것도 할 수 있고, 저것도 할 수 있는데.

언제나 그런 불만을 품은 채로,

나는 '참된 자신'을 찾고 있었다.

인간은 어째서 '참된 자신'을 찾는 것일까?

　사람이 제대로 생활을 영위하지 못하겠다고 느꼈을 경우, 그 커다란 이유를 몇 가지로 나누어 볼 수 있습니다. 우선 타인과 원만한 관계를 맺지 못하는 경우, 다음으로 자기 자신과 원만한 관계를 맺지 못하는 경우, 그리고 르상티망(미움)을 처리하지 못하는 경우.

　타인과 원만한 관계를 맺지 못하는 것은 자기 규칙을 타인의 규칙에 적절하게 맞추지 못하거나 조정하지 못하기 때문으로, 타인과 사귀는 데 있어서 필요한 '관계의 스킬'이 미숙하거나, 혹은 부족한 것이라고 말할 수 있습니다. 자기 자신과 원만한 관계를 맺지 못하는 경우는 자기 이해(자아상)와 신체화된 자기 규칙(무의식적)의 격차가 크기 때문으로, '자기 이해'의 스킬이 부족한 데 그 원인이 있습니다. 세 번째 이유에 관해서는 「르상티망」(제4장)에서 자세하게 설명하겠지만, 제대로 풀리지 않는 것에 대한 분노나 원망의 감정을 특정한 무엇, 혹은 어떤 사람이라는 대상으로만 돌리기 때문에 새로운 가능성을 열 수가 없습니다.

사람이 '참된 자신'이 어딘가에 있는 것이 아닐까 생각하게 되는 것은 바로 이와 같은 사정들 때문에 살아 있다는 사실에 대한 불우한 감정, 불행감이 쌓여 갈 때입니다. 하지만 니체가 간파한 것처럼, '참된 자신'이란 '참된 세계(=진실한 세계)'라는 관념과 같은 것으로, 그 어디에도 존재하지 않습니다. '참된 자신'이 어딘가에 존재할 것이라는 추론에 힘을 부여하는 것이 바로 '고뇌'입니다.

 종교도, 심리 요법도 찾아 주지 않는다

한때 유행했었던 자기 계발 세미나, 신자 획득을 목적으로 하는 신흥 종교, 수많은 심리 요법 등에서도 '참된 자신'이라는 관념을 적극적으로 활용했었습니다. 그 처방에는 공통점이 있는데, 그중 곧잘 이용되곤 했던 수법 중의 하나가 특이한 환경을 연출하여 무엇이든 다 받아 주는 관용적인 수용자로서 상대를 수용함으로써 그 자아의 벽을 걷어 내게 하는 수법입니다. 자기 계발 세미나 등에서는 참가자끼리 짝을 지어서 일상적으로 모든 사람들이 가지고 있는 자아의 벽(자기 의식의 방어선)을 걷어 내도록 인도하는 수단이 상투적으로 쓰였습니다.

옴 진리교(지금은 알레프)에서는 특이한 신체 수련이나 약 등의 힘을 이용하였는데, 결국은 사람을 일상적인 상태에서 벗어나게 하여 자아의 벽을 걷어 낼 수 있는 상황이 되도록 만들어 낸 것입니다. 그렇게 함으로써 지금까지 맛보지 못했던 독자적인 상태를 경험할 수 있게 되는 것입니다.

이것을 여러 사람이 한꺼번에 경험하게 되면 그러는 동안에는 모든 타인들의 존재를 수용할 수 있으며, 또한 자신도 모든 사람들이 수용해 준다는 느낌을 받게 됩니다. 자아의 벽을 일시적으로 걷어 내는 것이니, 그도 그럴 만합니다. 앞서 말한 것처럼, 대부분의 사람들이 '자기 의식'의 존재 방식 때문에 괴로워하는 것인데, '자아의 벽'을 가상적으로 제거하면 타인과의 관계의 스킬도, 자기 이해의 스킬도 전부 필요 없어지기 때문에, 르상티망 또한 사라지게 됩니다. 바로 그렇기 때문에 그 순간에 독자적인 카타르시스를 얻을 수 있으며, 그것은 또한 독특하고 비일상적인 경험으로 다가옵니다. 그래서 마치 '참된 자신'을 만난 것과 같은 느낌을 받게 되는 것입니다. 자기 계발 세미나나 이익 추구를 목적으로 하는 신흥 종교는 바로 이것이 핵심입니다.

심리 요법에서는 그렇게 심하지는 않지만, 그래도 역시 '참된 자신'이라는 관념이 상당 부분 살아 있습니다. 심리 요법의 근본은 '자기 이해'라는 것입니다. 원래 신경질적인 사람은 자신의 '무의식적' 욕망과 자기상 사이의 격차가 크다는 점에 그 원인이 있습니다. 그러므로 자신을 그 무의식적인 모습까지를 포함하여 적절하게 이해할 필요가 있습니다. 그런데 이때 종종 '참된 자신'을 이해한다는 말이 사용되곤 하는 것입니다.

그러나 다시 한 번 말하지만, '참된 자신'이라는 것은 그 어디에도 존재하지 않습니다.

규칙 때문에 찾을 수 없다는 변명

이 '참된 자신'이라는 것은 몇몇 이미지들에 의해 지

탱되고 있습니다.

　우선 여러 가지 '규칙'에 얽매여 있기 때문에 '참된 자신(자유로운 자신)'을 발휘하지 못한다는 이미지, 즉 자신을 얽매고 있는 규칙에서 해방된다면 사람은 자유로워질 수 있다는 이미지입니다. 이것은 매우 일반적으로 통하는 이미지지만, 소박한 착각입니다. 사실 인간이란 규칙에 얽매임으로써 자유를 잃기는커녕, 오히려 자기 규칙을 확실하게 정립하여 비로소 자신의 자유를 확실하게 확보할 수 있는 존재입니다. 인간 사회 자체가 원래 규칙 게임적 본질을 가지고 있어, 자기 규칙을 제대로 형성하지 못한 인간은 사회라는 게임에 적합하지 않기 때문입니다.

　다음은 '자신에게는 숨겨진 재능과 능력이 있지만, 그것을 찾지 못했다'라는 이미지입니다. 이것은 앞선 이미지와 비교해 보면 그 속임수의 정도가 낮습니다. 왜냐하면 절대로 그런 일은 있을 수 없다고는 말할 수 없기 때문입니다. 하지만 숨겨진 재능을 개발하여 크게 성공을 거둔 사람은 언제나 극히 일부에 지나지 않습니다. 대부분의 사람들은 자신의 역량, 재능과 싸움을 벌이지만, 결국에는 씁쓸한 결과를 받아들일 수밖에 없습니다.

언젠가 '참된 자신'을 발견하게 되면 크게 성공을 거둘 수 있을 것이라는 생각은 인간에 대한 그리 좋은 지혜라고는 말할 수 없습니다.

신문에서 곧잘 '경쟁에서 살아남을 지혜를 배우자', '반드시 머리가 좋아지는 방법'이라는 등의 광고를 볼 수 있습니다. 이는 그러한 문구에 현혹되어 작은 돈을 투자하려는 사람들로부터 교묘하게 이익을 얻으려고 하는 지혜입니다. 그렇습니다. 경쟁에서 살아남는 지혜란 누구나 갖고 싶어 하는 것으로, 일정한 효능만 있다면 완전히 무익한 것이라고는 말할 수 없습니다. 단, 이런 지혜는 사회나 인간을 좋은 것으로 만들어 주는 지혜라고는 말할 수 없습니다. 다시 말하자면, 경쟁에서 살아남기 위한 '일반적인 지혜'가 존재하지 않는 것처럼, 자신의 숨겨진 재능을 이끌어 내기 위한 '일반적인 지혜'라는 것도 존재하지 않습니다.

'참된 자신'은 찾는 것이 아니라 만들어 내는 것

이처럼 실제로는 그 어디를 찾아보아도, 자신의 내부에도 외부에도 '참된 자신'이라는 것은 존재하지 않습니다. 따라서 '참된 자신'을 찾기 시작하면 반드시 헛수고를 하게 될 뿐만 아니라, 심지어는 르상티망이 더욱 쌓이게 되는 결과를 초래하기도 합니다.

자기 계발 세미나에서 '참된 자신(과 비슷한 것)'을 찾은 듯한 기분을 느낀 사람은 사회에 나와서 인간관계에 대한 노력 없이도 모든 사람들과 마음이 통한다고 착각하여 놀랄 만큼 선한 사람처럼 행동하지만, 물론 그것이 오래 지속되지는 못합니다. 신흥 종교에서 '참된 자신'을 찾았다고 믿는 사람들은 종종 기묘한 '신념을 가진 사람'이 되어 오로지 구제와 세상 개혁 등에만 몰입, 즉 독아론(獨我論)적 세계를 정립하게 됩니다. 그 결과로 타인들에게 피해를 줄 뿐만 아니라, 자신이 단지 교조들의 돈벌이를 위한 한 수단으로 이용되고 있다는 사실을 깨닫지 못하게 되는 경우조차도 있습니다.

'참된 자신'이라는 관념의 본질은 '참된 세계'의 그것과 같은 것입니다.

'이 세상은 괴롭다. 따라서 참된 세계(자신)가 어딘가에는 존재할 것이다.'

바로 이것이 문제의 추론인데, 니체는 이렇게 말했습니다.

> '이러한 추론을 하도록 영감을 부여하는 것은 고뇌다. 즉 근본적으로 그것은 그런 세상이 있었으면 좋겠다고 하는 소망이다.'
>
> —「권력에의 의지」

결국 '참된 자신'이란 고뇌로부터의 도망이자 현실에 대한 부인의 결과입니다. 필요한 것은 '참된 자신'을 찾아내는 것이 아니며, '자신을 버리는 것'도 아니고, 그저 시간을 들여서 '자신을 만들어 내는 것'뿐입니다.

키에르케고르는 좀 이상한 말을 했습니다.

> '자신이란 무엇일까? 자신이란 하나의 관계, 그 관계 자체에 관계하는 관계다.'
>
> —「죽음에 이르는 병」

한편으로는 선문답처럼 들리지만, 그렇지 않습니다. 인간의 모습을 참으로 적절하게 표현한 말입니다. '자신'이란 하나의 실체라기보다는 오히려 끊임없는 '관계'라고 할 수 있습니다. 인간은 성장하면서 수많은 인간관계를 경험하게 되는데, 그 과정에서 '관계로써의 자신'을 풍성하게 만들어 가는 존재입니다. 끊임없이 자신을 쇄신해 나가면서 풍요롭게 가꾸는 일, 그것을 하지 못하면 인간은 힘을 잃게 되고, 가능성을 잃게 되고, 삶에 대한 의욕을 상실하게 됩니다.

그렇다면 인간의 자신이란 어떤 '관계'로써 존재하고 있는 것일까? 그것을 다음 주제로 삼아 보겠습니다.

자기 규칙

선함 · 아름다움 · 옳음의 기준

'참된 욕구 없이 참된 만족은 없다.'

—볼테르 『격언집』

한눈 팔지 않고 열심히 공부하는 것도

교칙을 어기는 것도 전부,

내 관심을 끌지는 못했다.

하지만 그것을 좋다고도 나쁘다고도

확실하게 말하지 못한 채,

별 생각 없이 모두와 함께

흘러가고 있었다.

인간의 욕망이란 '자신은 어떤가?'에 대한 욕망

키에르케고르는 이상한 죄의식 때문에 연인과의 약혼을 파기해 버린, 천성적으로 어두운 성격을 가진 철학자인데, 인간의 '자아'라는 것의 슬픔에 대해서는 참으로 깊이 있는 통찰을 보였습니다. 앞서 인용한 헤겔이라는 대철학자는 역사, 사회와의 관계 의식을 통해서 근대인의 본질을 파악한 데 반해서, 키에르케고르는 인간은 반드시 훌륭한 존재 의미에 의해서만 살아가는 것이 아니라 오히려 '나날의 조그만 가능성에 의해서 살아간다'고 말했습니다. '자신이란 하나의 관계, 그 관계 자체에 관계하는 관계다'라는 말도 놀라운 것이지만, 이것도 상당히 멋진 말입니다.

인간의 본질은 '욕망'이 단순한 욕망이 아니라 '자아(자신)의 욕망'이라는 점에 있습니다. '자신이라는 욕망'이라는 사실, 바로 이것이 인간의 본질입니다. 앞서도 얘기한 바 있지만, 동물의 욕망은 대체로 '신체의 욕망'입니다. 대부분은 공복감이나 성욕, 더위와 추위를 면하는 것이 그 내용입니다. 인간의 '욕망'의 중심은 무엇보다도 그러한 '신체의 욕망'을 훨씬 더 뛰어넘은 '자기 가치'에 대한 욕망입니다.

　어렸을 때 인간의 '자기'는 오로지 귀여움을 받는 것, 사랑 받는 것만을 목표로 삼지만, 점점 타인으로부터 인정을 받는 것, 좋은 평가를 얻는 것을 바라게 됩니다. 청년기는 '자아', 혹은 '자기 의식'의 절정기라 할 수 있는 시기로, '자기 가치'가 무엇보다도 중요해지게 됩니다. 그런데 '자기 가치'란 타인으로부터 훌륭한 존재로서 인정을 받는 승인의 욕망입니다. 그렇기 때문에 처음부터 '나는 훌륭한 사람이 되기보다는 부자가 되겠다'고 생각하는 젊은이는 거의 없습니다. 그런 말을 하는 사람이 있다면, 사회적으로 훌륭한 일을 하여 모든 사람들에게 좋은 평가를 얻겠다는 가장 상위의 능력은 일찌감치 포기하고 부자라면 될 수 있을 것 같다고 생각하여, 선수를 쳐서 자신은 그쪽이 더 좋다고 말을 하는 것일 뿐입니다.

　특별히 훌륭한 인간이 되지 않아도 '행복(생활의 향수)'을 얻을 수 있다면 인생에 있어서도 인간으로서도 괜찮은 것이라는 일종의 지혜가 찾아오는 것은 청년기의 과격한 '자기 의식'의 시기가 지난 뒤의 일로, 인간이 처음부터 그런 생각을 품을 이유는 없습니다.

타인들로부터 사랑받고 싶고, 인정받고 싶어 하는 욕망

청년기의 인간은 '자기 의식 덩어리'입니다. 자신을 절대적 자신으로 인정하고 싶고, 또한 인정받기를 바랍니다. 하지만 누구나 이 세계의 절대적인 주인공이 될 수 있는 가능성에서 조금씩 좌절감을 맛보며, 가능한 범위 안에서 사람들로부터 인정받고 사랑받으며 살아갈 수 있다는 사실을 깨달아 가게 됩니다. 즉 청년은 전형적으로는 우선 훌륭한 인간, 선한 인간이 되고 싶다고 열망하며, 다음으로 점점 그런 마음을 달래 가며 '나날의 가능성이 있다면 살아갈 수 있다'는 사실을 받아들이게 되는 법입니다.

나날의 가능성이란 자신이 지니고 있는 조그만 인간관계의 세계 속에서 인정을 받거나 사랑 받는 것을 말합니다. 그런 의미에서 인간은 모두 그 사람 나름대로의 '승인 게임'이라는 공간 속에서 살아가는 것이라고 말할 수 있습니다.

인간은 왜 타인의 시선을 의식하는 것일까?

인간은 어느 순간부터 '부모 자식의 관계'보다 '친구 관계'가 더 중요하다고 생각하게 됩니다. 즉 부모에게는 인정받지 않아도 좋으니, 친구에게 인정받고 싶다고 생각하게 됩니다. 부모로부터는 언제나 야단을 맞아도, 그럼에도 불구하고 이 녀석은 이런 녀석이라는 기초적인 승인 관계가 무너지지는 않습니다. 하지만 친구들의 평가가 큰 폭으로 떨어진다면, 그것은 커다란 문제입니다.

그런 의미에서 아이들이 부모와의 관계에서 점점 멀어져 친구와의 관계를 더욱 소중히 여기게 되는 것은 자연스러운 일이라고 할 수 있습니다. 친구나 주위의 아는 사람들, 즉 친한 타인들은 승인 게임의 상대라는 의미에서 인간에게는 없어서는 안 될 존재입니다.

사르트르는 이런 재미있는 말을 했습니다.

'타자의 시선은 무(無)를 분비한다.'

이것은 무슨 뜻일까요? 타자의 눈은 인간에게 '무', 즉 부정성을 의식하게 한다. 다시 말하자면 타자의 시선만이 우리들을 '대상화한다'는 뜻입니다.

인간은 자기 외부의 어떤 대상에 대해서도 그것들을 일방적으로 대상화할 수 있습니다. 여러 가지 사물은 인간에게 있어서 유용한 것, 필요한 것, 유해한 것, 무의미한 어떤 것들입니다. 여기서 인간은 사물을 일방적으로 대상화하고 있습니다. 즉 인간은 어디까지나 자신의 관점에서 그 대상이 '무엇인가'를 규정하고 있습니다. 그런데 유일하게 '타자'라는 존재만은 예외입니다. 왜냐하면 타자는 '시선'을 가지고 있기 때문입니다. 이 타인의 시선만은 반대로 '나'를 대상화합니다. 타인의 시선을 받게 되면 우리들은 이유 없이 긴장을 하고, 어색해하며, 자유롭지 못하다는 느낌을 갖게 됩니다. 그 이유는 타자의 시선이 우리들을 대상화하고, '가치 평가'를 하기 때문입니다.

인간이 불안을 품게 되는 원천은 극단적으로 말해서 다음의 두 가지입니다.

'타자의 시선'과 '죽음'이 바로 그것입니다. 죽음은 우리들의 존재 가능성 그 자체를 위협합니다. 그리고

'타인의 시선'은 우리들의 '자기 가치'를 위협하는 것입니다. 인간 욕망의 중심은 '자기 가치'를 확보하는 것인데, 세상에서 타자라는 존재만이 우리들의 '자기 가치'를 위협하는 존재입니다. 그렇기 때문에 '타자의 시선은 무를 분비한다'고 말한 것입니다.

하지만 다른 한편으로는 그것과 반대되는 말도 할 수 있습니다. 즉 타자만이 우리들의 '자기 가치'를 인정해 주는 사람이 될 수 있습니다.

타자의 승인 없이 자기 가치를 획득하려는 헛된 시험에 대해서는 「자기 의식의 자유」라는 항목에서도 말을 한 바 있지만, 젊은이들이 예외 없이 이 시험 속에 빠져드는 것은 사춘기나 청년기가 '자기 의식 덩어리'인 시기임에 반해서, 타인으로부터 좋은 평가를 얻기는 그렇게 간단하지 않기 때문입니다.

'거짓말-진실', '좋음-나쁨', '아름다움-추함'

어쨌든 그런 이유로 '자기'란 하나의 욕망, '자기 욕망', 즉 자기 가치의 승인에 대한 욕망이라고 말할 수 있습니다. 여기서 조금 관점을 달리해서 생각해 보도록 합시다. 도대체 '자기'의 내실(내용)은 무엇일까요?

보통 인간을 평가하는 데는 사회적 지위가 가장 대표적이며 일반적으로 이용되고 있습니다. 하지만 그것은 사회라는 게임에서의 성공·실패(승패)를 재는 척도라는 사실을 누구나 알고 있습니다. 그렇기 때문에 인간은 사회적인 존재 가치와 천성(=인격과 인간성)을 따로 구별해서 생각합니다. 그렇다면 이러한 의미에서의 인간의 내용, '인격'과 '인간성' 등과 같은 것들의 내실에 대해서는 어떻게 생각하면 되는 것일까요? 철학에서는 이것을 자신의 '내적 규칙(자기 규칙)'으로 생각하고 있습니다.

이미 살펴본 바와 같이, 자기 규칙이란 다시 말하자면 '진위', '선악', '미추'에 대한 내적 규범(규칙)을 일컫는 것입니다. 이것은 철학적으로는 '진·선·미'라는 개념에 해당하는데, 인간의 '인간성', 즉 인간의 내적 가치 기준은 크게 이 '진·선·미'로밖에 측정할 수가 없습니다. 이 '진·선·미'의 규칙에 대해서 철학적으로 조금 설명해 보도록 하겠습니다.

자기 규칙은 '진·선·미'의 기준

우선 '선의 규칙'부터 생각해 보도록 합시다. '선'의 규칙의 원형은 '좋다-나쁘다'의 규칙입니다. 앞서 어머니와 자식 사이에 '금지'와 그 약속을 지키는 것에 대한 이야기를 한 바 있습니다. 유아는 어느 시점부터 '울지 않고 참는 법'을 배우게 되며, 또한 '말을 잘 듣는다'는 것을 받아들이게 됩니다. 그렇게 함으로써 직접적인 '신체의 에로스'를 참고 어머니와의 '관계의 에로스'를 획득해 가는 것입니다.

'좋다-나쁘다'는 인간적인 가치의 기본 질서이지만, 그 원천은 어머니와의 '금지'나 '약속'을 지키는 일입니다. 그것을 지키는 것은 '좋은 일'이며, 그것을 지킬 수 있는 자신은 '착한 아이'가 됩니다. 직접적인 '신체의 에로스'를 포기하고 '관계의 에로스'를 만들어 가려고 하는 것, 그것이 바로 '좋다'는 가치의 의미입니다.

'미추(美醜, 아름다움—추함)'의 규칙은 이른바 감수성의 규칙으로, 매우 신체적인 것처럼 보이지만 사실은 문화나 환경 속에서 형성되는 것입니다. 이것은 늑대에 의해서 길러진 소년의 사례인 『아베롱의 야생 소년』 등을 읽어 보면 확실하게 이해할 수 있습니다. 빅터라는 이 소년은 처음에는 옷 입기를 싫어했으며, 거의 알몸 상태로 겨울에 실외로 나가기를 좋아했습니다. 그리고 매우 뜨거운 것을 맨손으로 잡아도 아무렇지도 않다는 표정이었습니다. 하지만 목욕을 통해서 청결하게 하는 일에 조금씩 익숙해지자, 점점 보통 사람들처럼 추위와 더위를 느끼게 되었습니다. 신체적인 감수성이 문화적인 체제임을 잘 수 있는 일례입니다.

하지만 그는 음악이나 아름다운 그림 등에는 조금도 흥미를 나타내지 않았습니다. 즉 '아름다움—추함'에 대한 규칙이 형성되지 않았던 것입니다. 이것이 없으면 사람은 동경이나 낭만성을 형성할 수 없습니다. 동경이나 낭만은 로맨티시즘과 센티멘털리즘, 노스탤지어 등 기본적인 인간 감정의 원천입니다. 그 결과는 매우 큰 것으로, 사람은 연애 감정이나 동정심과 같은 감정을 품지 못하게 되며, 또한 문화적인 대상, 음악이나 회화, 이야기 등에 대한 감수성도 형성되지 않습니다.

또 다른 하나인 '참(진실-거짓)'의 규칙. 이것은 가장 미묘하여 설명하기 힘든 것인데, 우선 이것은 흔히 말하는 '진위'라는 것, 즉 객관적인 의미에서의 진실과 허위가 아니라 내적인 '진실과 허위'에 대한 규칙을 의미하는 것입니다.

일반적으로 거짓말을 하는 것은 '나쁜' 짓입니다. 하지만 구체적인 경우에도 이 일반 규칙이 반드시 적용되는 것은 아니며, 인간은 경우에 따라서는 어떻게 행동하고 결의해야 할지를 생각해야만 하는 때도 있습니다. 예를 들어서 친구를 지키기 위해 부모님이나 선생님에게 거짓말을 하지 않을 수 없는 경우가 있습니다. 또한 직업상의 윤리와 자신의 윤리가 서로 달라서 어느 쪽을 우선시해야 할지 고민하게 되는 경우도 있습니다. 그런 경우에 단순하게 거짓말은 나쁘다는 일반 규칙은 통하지 않으며, 그때마다 자신이 어떤 것을 취해야 할지 결정하지 않으면 안 됩니다.

요컨대 인간의 욕망이나 규칙도 다수성(多數性)을 가지고 있기 때문에 상황에 따라서 어느 것을 선택해야 할지 결정해야 하는 상황에 직면하게 되며, 그때 간단하게 답을 내리지 못하고 이래저래 고민을 하는 것이 '자기'라는 것의 본성입니다. 그리고 자신의 결단이나 결정에 대해서 주위로부터는 이래저래 비난을 받을지 모르지만, 자신은 자신의 판단을 긍정하고 시인할 수 있다는 생각에 매달리는 것, 이것이 자기 규칙으로써의 '진실-거짓'의 참모습입니다.

'양심'이라는 것은 결국 자신의 결단이 자기 자신에게 있어서 납득할 만한 것인가에 대한 '내면의 목소리'를 말하는 것입니다. 자신의 '참된' 규칙을 확립하고 있는 사람은 자신을 포기하지 않은 사람, 자신을 믿을 수 있는 사람이라고 말할 수 있을 것입니다.

결국 자신을 지탱해 주는 것은 '자기 규칙'

바로 이것이 인간의 '자기'의 내실입니다. '자기'란

'선함·아름다움·진실'에 대한 내적인 규칙으로 이루어져 있습니다. 이 규칙이 확립된 사람은 확고한 자기 가치를 가지고 있어서 타인이나 사회의 일반적인 평가에는 그다지 흔들리지 않습니다. 자신만의 삶의 방식을 가지고 있으며, 인간관계를 원만하게 만들어 나갈 능력을 지니고 있습니다. 중요한 것은 이런 사람은 반드시 사회적인 게임에서 커다란 성공을 거두지 못한다 하더라도, 나름대로 자신의 생활 방식을 이해하고 긍정하며 살아갈 수 있다는 점입니다.

반대로 자기 규칙이 확고하게 형성되어 있지 않은 사람은 타인이나 세상의 시선에 지나치게 신경을 쓰며, '자신'의 판단에 자신감을 갖지 못하고 많은 불안감을 품게 됩니다. 이 때문에 종종 '참된 자신'이라는 이미지를 좇게 됩니다.

그리고 때로는 근거 없이 지나친 자신감에 넘친 자기 규칙을 가지고 타인의 평가를 전혀 수용하려 들지 않는 사람도 있는데, 이런 사람들은 오직 독선적이기만 합니다. 그들은 타인과의 규칙 관계를 조정할 수 있는 힘을 가지고 있지 못하기 때문에, 권력을 잡으려고 하는 경우가 많습니다.

이처럼 '자신'이라는 것은 '참된 자신'이 있어서 그것을 발견하는 것이 아니라, 각자가 적절한 방법으로 만들어 나갈 수밖에 없는 것입니다. 그렇다면 그것은 어떻게 해야 만들 수 있는 것일까? 그것은 '인간관계'에 의해서 만들 수 있는 것인데, '인간관계'란 무엇인지는 다음 항목에서 설명하도록 하겠습니다.

인간관계

남을 인정하는 것, 남으로부터 인정받는 것.

'우리들 각 개인은 타인 속에 자신을 비추는 거울을 가
지고 있다.'

—쇼펜하우어 『수필과 이삭 줍기』

'모두 멍청이들뿐'이라고
마구 욕을 해냈지만,
문득 외로움을 느꼈다.
혼자서 망상을 해보아도,
혼자서 무엇인가를 성취해도
즐길 수 없었다. 아무도 나를
인정해 주지 않기 때문에.

고뇌의 씨앗이 없어지면
인간은 행복할까?

우리들 고뇌의 대부분은 '인간관계'에서 찾아옵니다.

따라서 '인간관계'의 원리에 대해서 안다는 것은 우리들 고뇌의 본질에 대해서 깊이 자각한다는 것입니다.

'고뇌'는 누구에게 있어서나 괴로운 것이기 때문에, 그것이 있는 동안에는 이것만 없으면 멋진 삶이 될 것이라는 생각을 자신도 모르게 하게 됩니다. 하지만 '고뇌'가 없다는 것이 그대로 '행복'한 상태는 아니며, 고뇌 없이 살아가는 것이 인생의 이상적인 모습도 아닙니다.

'삶의 의미'는 인간관계의 에로스 속에 숨어 있습니다. 지구로 귀환할 가능성이 없어진 고장 난 우주선 속에서 인간이나 과학에 대한 대진리를 발견한다 한들, 그것에는 아무런 의미도 없습니다. 우리들의 삶의 의미는 인간관계의 에로스 속에서 발생하는 것으로, 다른 데서는 나올 곳이 없습니다. 그리고 인간관계란 희망과 고뇌, 기쁨과 슬픔으로 엮어진 밧줄이기 때문에, 거기서 고뇌만을 뽑아낼 수는 없습니다.

니체는 생의 본질이 '고뇌'라고 생각한 쇼펜하우어의 생각에 반대하여, 생은 고뇌이기는 하지만 그럼에도 불구하고 인간은 삶의 '에로스'를 추구하며 삶을 긍정하는 존재라고 주장했습니다. 그것은 삶의 디오니소스적 본성이라고 불리고 있습니다.

『비극의 탄생』에서 니체는 인류를 위해서 불을 훔치다 제우스에게 벌을 받는 영웅 프로메테우스를 묘사합니다. 인간에게 불의 사용법을 가르치는 일, 즉 과학이나 기술의 원리를 도입하는 것은 수많은 새로운 모순과 고뇌의 근원이 됩니다. 하지만 인간은 삶의 고뇌에도 불구하고 깊이 있고 격렬한 삶에 대한 의욕을 가지고 있습니다. 그렇기 때문에 프로메테우스의 행위는 인정받을 수 있었던 것입니다.

우리들이 인간관계에서 삶의 의미와 에로스를 퍼 올리는 한, 고뇌는 끊임없이 우리를 따라다니는 법입니다. 니체의 말은, '고뇌'가 가지고 있는 '삶의 두려움'이라는 환영에 져서는 안 된다는 것입니다. 그의 철학은 그와 같은 삶에 대한 격려의 철학입니다.

사회라는 무대에서
인정을 받는 것이 승인 게임

'인간관계'란 무엇일까? 우선 첫 번째 대답은 인간관계란 자기 가치를 둘러싼 상호적인 승인 게임이라는 것입니다. 어린이가 학교에 들어갑니다. 학교에는 여러 가지 규칙이 있습니다. 정해진 시간에 등교할 것, 수업 시간에는 조용히 할 것, 선생님의 말씀을 잘 들을 것, 그 외에도 수많은 규칙을 지킬 것 등. 그리고 그러한 것들을 전제로 성적과 학업을 겨루는 것입니다. 이것은 사회에서도 거의 마찬가지입니다.

다시 말하자면 여러 가지 규칙의 집합이 있으며, 그 게임의 여러 가지 커다란 목표가 있습니다. 그들 규칙에 따라서 사람들은 각자 목표를 향해서 행동합니다. 그리고 그 성과에 따라서 평가를 받으며, 그 평가에 따라서 사회적인 보수를 얻는 것입니다.

인간관계란 우선 이러한 사회적 승인 게임입니다. 총리나 사장, 대작가가 훌륭한 것은 그들이 승인 게임에서 성공을 거뒀기 때문입니다.

하지만 또 다른 측면이 있습니다. 이 사회적 승인 게임 속에서 우리들은 수많은 '타자'들과 만납니다. 그리고 그들과 인간적으로 친해집니다. 이것은 사회적인 승인 게임의 경우와는 또 다른, 구체적인 '인간관계'의 모습입니다. 구체적인 '인간관계'에서는 어떤 일이 일어날까요?

우리들은 여기서 구체적인 타자들과 관계를 맺습니다. 이때 우리들은 각자 '자기 규칙'을 가진 인간으로서 서로를 대합니다. 자기 규칙이란 '진·선·미'에 대한 내면적 규칙이기 때문에, 서로가 조금씩 다릅니다. 다시 말하자면 가치관, 신조, 감수성, 미의식 등은 사람에 따라서 다릅니다. 사람들은 구체적인 인간관계 속에서 서로의 규칙이 다르다는 사실을 깨닫습니다. '저 사람과 마음이 잘 맞는다'거나 '궁합이 잘 맞는다'고 말을 하는 경우도 있고, 또 어떤 때에는 '저 사람은 왠지 믿을 수가 없다'거나 '주는 거 없이 밉다'고 말을 하는 경우도 있습니다. 이때 사람들은 각자 자기 규칙을 서로 교환하며, 그것을 통해서 타자들과 인간으로서 사귑니다. 각자가 개성을 가진 인간으로서 만난다는 것은 바로 이것을 뜻하는 말입니다.

즉 구체적인 인간관계란 각자가 일정한 입장 속에서 서로 경쟁하는 '승인 게임' 그 자체가 아니라, 이 승인 게임을 통해서 우리들이 개성을 가진 인간으로서 서로 관계하고 이해하는, 상호적인 '이해 게임'인 것입니다.

이해 게임의 백미는 서로가 '서로를 인정'하는 것

이해 게임으로써의 인간관계는 서로가 상대를 잘 이해하는 것인데, 그것은 인간 생활의 실질이기도 합니다. 승인 게임에서 성공하여 사회적 보수를 얻는 것도 하나의 커다란 에로스지만, 이해 게임은 자타의 존재를 서로가 조금씩 이해해 가는 관계로, 이 '관계의 에로스'도 인간 생활의 커다란 내실입니다.

처음에는 잘 알지 못했던 사람들이 점점 친해져서 결국에는 서로에게 없어서는 안 될 소중한 존재로서 서로에게 마음을 쓰게까지 되는 것, 혹은 남녀가 알게 되어 서로가 상대를 깊이 이해하면서 무엇과도 바꿀 수 없는 존재가 되어 가는 것, 바로 이런 관계가 이해 게임으로써의 인간관계의 내실입니다.

사회적인 승인 게임에서는 기본적으로 서로가 역할 관계로 상대방을 바라보게 됩니다. 일 관계에서는 정해진 일을 확실하게 수행하기만 한다면, 다소 이상한 구석이 있더라도 그 개인적인 내실은 그다지 문제 삼지 않습니다. 이에 반해서 이해 관계에서는 서로의 인간성이 문제가 됩니다. 여기서 인간성이란 개개인의 '자기 규칙'의 내실을 말합니다.

누구나 각자 나름대로의 자기 규칙을 가지고 있습니다. 경우에 따라서 그것은 타인의 그것과 맞지 않거나 충돌하기도 합니다. 사회적 승인 게임에서는 커다란 지장을 주지 않는 한 그럭저럭 관계를 유지할 수 있지만, 친한 관계가 되면 이것은 중요한 것이 됩니다.

예를 들어서 '친구'란 그 사람의 '좋고 나쁨'이나 '미추'의 규칙이 마음에 걸려 '그건 좀 이상하지 않아?'라거나, '그건 어울리지 않아'라고 말할 수 있는 관계를 말합니다.

'너는 시간 관념이 부족해. 너는 그렇게 대단한 일이 아니라고 생각할지 모르겠지만, 그건 사람들에게 피해를 주는 일이며, 너 자신에게도 좋지 않은 일이야'라거나, 가족에 대한 네 태도는 지나치게 냉담한 면이 있어'라는 식으로 상대방의 자기 규칙을 서로 비판하는 것. 이것은 서로 마음을 터놓고 지내는 사이가 아닌 상대에게는 단순한 간섭에 지나지 않지만, 친구에게라면 상대방에 대한 존재 배려입니다. 즉 표현만 적절하다면 비판을 받은 사람도 상대가 자신에게 관심을 가지고 있으며, 자신을 배려하고 있다고 느끼게 됩니다.

또한 정당한 친구 관계라면, 이와 같은 상대의 존재에 대한 관심에 바탕을 둔 비판은 일방적인 것이 아니라 상호적인 것이 됩니다. 따라서 비판받은 사람은 알겠다며 그것을 수용할 수도 있고, 반대로 너는 그렇게 말하지만 나는 이런 이유로 역시 크게 잘못되지 않았다고 생각한다며 그것에 항변할 수도 있습니다. 마음을 터놓고 지내는 친화적인 친구 관계나 연인 관계에서는 이와 같은 상대의 존재에 대한 관심에 바탕을 둔 상호적인 비판이나 충고, 평가, 항변, 자기 주장, 정당화, 수용 등이 생겨나며, 이것이 인간관계의 중요한 요인이 되는 것입니다. 그리고 이 관계(이해 관계) 속에서 사람들은 '자기 규칙'을 서로 교환하고, 서로 시험하며, 서로 단련하고 있는 것입니다.

'자기'는 승인 게임과 이해 게임으로 시험을 받는다

'자기'란 자기 자신에 대한 욕망입니다. 하지만 그것은 사회나 인간관계 속에서의 '승인 게임', '이해 게임'을 통해서 비로소 살아갈 수 있는 것입니다. 사회적 '승인 게임'에서의 '자기'란 일정한 규칙에 따라서 서로 경쟁하며, 그 결과로 성공하기도 하고 실패하기도 하는 플레이어입니다.

이해 게임에 있어서의 '자기'는 경쟁적 게임 속에서 승자나 패자가 되는 것이 아니라, 서로의 존재에 관심을 가지면서 서로 자기 규칙을 시험함으로써 조금씩 '자기 규칙'의 모습을 쇄신시켜 나가는 주체입니다. 그리고 그런 관계 속에서 타인 관계의 즐거움, 에로스가 생겨납니다.

인간은 언제까지나 같은 '자기'로 있게 되면 따분해 하고, 의기소침해 하는 존재입니다. '자기'의 모습이 변하는 순간, 인간은 반드시 그 사실을 깨닫게 됩니다. 그 것은 카타르시스나 감동, 감명 등과 같은 여러 가지 방법으로 찾아옵니다. 이처럼 끊임없이 '자기'의 모습을 변모시켜 갈 때, 사람은 삶의 의욕과 욕망을 충족시킬 수 있는 것입니다.

한 나라의 대통령은 국제 정치 무대에서 거기에 참가한 사람들과 '정치'라는 승인 게임을 행합니다. 대기업의 사장은 국제 경제 무대에서의 '머니 게임'의 참가자인데, 이것도 일종의 승인 게임입니다. 그리고 조그맣게 장사를 하는 사람이나 아주 평범한 샐러리맨들도 또한 그 장소의 규칙에 따른 승인 게임 속에서 살아가고 있는 것입니다.

커다란 게임은 화려하며 즐거움과 보수도 크지만, 어떤 것이든 그 기본 구조는 똑같습니다. 결국 어떤 생활에 있어서나 인간은 사회적 승인 게임을 행하고 있으며, 그것의 성공과 실패에 기뻐하기도 하고 슬퍼하기도 하면서 살아가고 있습니다. 그 규모와는 상관없이 기쁨은 승인 게임의 성공에 의해서 찾아오며, 고통이나 비탄은 실패에 의해서 발생합니다.

하지만 인간 사회의 승인 게임은 단순한 규칙 게임과는 다릅니다. 인생이 단순한 규칙 게임이라면 인생의 의미도 단순하여, 이 게임의 승패에 그대로 영향을 받을 것입니다. 그러나 인간의 삶의 내실은 구체적인 인간끼리의 이해 게임 속에 있습니다. 사회적인 승인 게임은 원래 그것을 지탱하기 위한 것입니다.

세 가지 세계상

착각에서의 탈출

'자신에 대해서 모르고 있다는 사실이나 모르는 것을 알고 있는 것처럼 상상 속에서 착각하는 것은 광기와 도 같은 것이다.'

—크세노폰 『소크라테스의 회상』

여러 가지 세계를
알고 싶었다.
하지만 세계를 안다는 것이
무엇을 말하는 것인지
잘 알 수가 없었다.
지금 나는 어떤 세계에
있는 것일까?

세상의 상식, 몰상식은
누가 결정하는가?

러시아의 작가 체호프는 『귀여운 여인』이라는 단편에서, 자신이 사랑하는 사람이 생기면 곧 그의 의견이나 사고 방식에 반해 버려서 그의 열렬한 신봉자가 되어 버리는 여성 오렌카를 그려 냈습니다. 그녀는 아주 성격이 좋고 사랑스러우며, 누군가를 좋아하게 되면 곧 그 사람에게 완전히 빠져 버릴 정도로 사랑을 합니다. 천성적으로 타인과 잘 사귀는 성격입니다. 하지만 그녀의 약점은 세상이나 인간, 사회의 여러 가지 일들에 대한 자신의 의견이 없다는 점입니다.

그녀는 사랑하는 사람이 생기면 곧 자신감에 넘쳐서 그 사람의 의견을 자신의 의견으로 삼습니다. 하지만 몇 번이고 불행을 겪게 되는데, 사랑하는 사람을 잃을 때마다 그녀는 자신을 지탱해 주는 것을 잃고 자신의 의견까지도 잃고 맙니다. 그런 재미있는 소설로 우리들이 자기 나름대로의 '세계상'을 갖고 있지 않으면 살아갈 수 없는 존재라는 사실을 의미심장하게 가르쳐 주고 있습니다.

  인간의 사회라는 것은 여러 가지 규칙의 네트워크이며, 인간 자체도 이른바 자기 규칙의 집합이라는 이야기를 했습니다. 처음 인간은 부모로부터 여러 가지 '규칙'을 부여받으며 자신도 모르는 사이에 그것을 자신의 것으로 내면화해 갑니다. 그것은 그렇게 함으로써 사회의 일반적인 규칙을 자기 속으로 받아들이는 일이기도 합니다. 즉 그것은 첫 번째 '자연스러운 세계상'으로 받아들여지는 것입니다.

  어떤 문화라도 고유의 '세계상'을 가지고 있습니다. 가장 쉽게 알 수 있는 것이 종교입니다. 종교란 결국 하나의 규칙, 신이란 어떤 존재인가, 왜 신은 위대한 것인가, 어떤 규율을 인간에게 부여했는가 등에 대한 '환상적인 합의'입니다. 종교는 민족 종교가 그 첫 번째 형태입니다. 그것이 점점 진화하여 기독교나 이슬람교, 불교 등 민족을 넘어선 세계적인 종교가 된 것입니다.

  따라서 원래는 각 사회가 각자의 종교를 가지고 있었습니다. 그리고 종교는 그 사회의 커다란 규칙을 결정했습니다. 사람들에게 공통의 규칙을 지키게 하는 데는 종교적인 위력이 가장 효과적이기 때문입니다. 즉 종교는 세계란 이런 것이며, 인간은 저런 것이고, 선악과 성속(聖俗)의 기준은 이런 것이라는 커다란 암묵의 합의(규칙)의 제정자였던 것이며, 이 커다란 공통의 규칙(=세계상)을 모든 사람이 지킴으로써 사회와 공동체가 성립될 수 있었던 것입니다.

현대는 한 장의 세계상만으로는 살아갈 수 없다

이렇게 생각하면, 모든 사람이 성장 과정에서 그 사회에 공통된 '세계상'을 자명하고 자연스러운 세계상으로 받아들인다는 사실을 알 수 있습니다.

예전에 우리나라 사람들이 처음 유럽 사람을 봤을 때, 많은 사람들이 '붉은 귀신'이 나타났다며 크게 두려워했다는 이야기가 있습니다. 태어나면서부터 자연스럽게 주어지는 세계상은 세상은 이런 것이라는 상뿐만 아니라, 인간이란 이런 것이라는 상까지도 포함하고 있습니다. 인간은 처음에 자연스럽게 주어지는 한 장의 '세계상'밖에 가지지 못하면 그 상에서 벗어난 인간이나 사고 방식을 이상한 것으로 간주하고, 그것을 배제하려고 하는 법입니다.

'공동체'라는 것, 예를 들어서 폐쇄된 '마을(지역의 공동체)'의 역할 관계 속에서 처음부터 생활해 온 경우, 사람은 자신도 모르게 부여받은 '한 장의 세계상'만 있으면 삶을 영위해 나갈 수 있습니다. 다양한 타자들을 만나는 일이 거의 없으며, 또한 그럴 필요도 없기 때문입니다. 하지만 근대 사회에서는 그럴 수가 없습니다.

근대 사회에서 인간은 많든 적든 다양한 타자들과 만나며, 여러 가지 관계를 맺게 됩니다. 따라서 근대 사회가 되어 학교라는 곳에 다니기 시작하면서 인간은 그곳을 통해서 비로소 '두 번째 세계상'을 만나게 되었다고 말할 수 있습니다. 이 두 번째 세계상은 마을의 관습이나 규범의 세계 밖에 더 커다란 사회가 있으며, 우리들이 그 커다란 사회의 일원임을 가르쳐 줍니다. 조건만 갖추고 있다면 누구나 마을을 나와서 보다 커다란 사회 속으로 들어갈 수 있다는 가능성을 가르쳐 준 것입니다.

숨 막히는 첫 번째 장을 찢고
두 번째 장에서 진리를 발견

　하지만 학교 교육이라는 것이 당연한 것이 되어 버린 현재는 학교에서 배우는 일반적인 세계가 누구에게나 '첫 번째 세계상'이 된다고 말할 수 있습니다. 지금은 모든 사람이 공동체의 역할 관계가 아니라 사회적인 자기실현을 목표로 살아가는 것이 암묵의 전제가 되어 있습니다. 그렇기 때문에 우리들이 '두 번째 세계상'을 갖게 되는 것은 대체로 대학 등에 들어가서 독서나 그 외의 다른 방법으로 새로운 세계관이나 이념을 접하게 될 때입니다.

　'두 번째 세계상'의 중요한 역할은 사람들이 가지고 있는 첫 번째의 자연스러운 세계상을 상대화하는 것입니다. 이 사회적이며 일반적 세계상은 거의 예외 없이, 열심히 노력하여 모든 사람들에게 좋은 평가를 받는 훌륭한 사람이 되는 것이 좋은 일이라는 상을 자연스럽게 부여합니다. 하지만 모든 사람들이 이 '기대받는 인간상'을 향해서 순조롭게 다가갈 수 있는 것은 아닙니다.

그것은 어디까지나 일반상(一般像)이며, 인간에게는 다양성이 있으므로 각자의 방법으로 살아가는 이유와 의미를 찾아낼 필요가 있습니다. 그렇기 때문에 이 일반상이 지나치게 강해지면 많은 사람들이 답답함을 느끼는 것입니다. 바로 거기에 두 번째 세계상이 첫 번째의 일반적인 세계상을 상대화하는 것의 의미가 있는 것입니다. 문학이나 음악, 예술 등의 교양적 세계가 의미 있는 이유는 그와 같은 상대화의 역할을 잘 수행해 주는 면이 있기 때문입니다.

하지만 두 번째 세계상은 경우에 따라서는 인간의 무의식의 결손 부분(불행한 부분)에 잘 들어맞아, 그것을 강력하게 메우는 작용을 하는 경우도 있습니다. 예를 들어서 지난날 마르크스주의의 세계관은 매우 강력하게 이론화된 세계관으로 젊은이들에게 '지금까지 내가 가지고 있던 세계상은 사실 잘못된 것이었으며, 이것이야말로 세계의 참된 모습이다'라는 강한 확신을 부여하는 세계상이었습니다. 두 번째 세계상은 때때로 이처럼 새로운 '진리'의 발견인 것처럼 강한 확신을 부여하는 경우가 있습니다.

예를 들어서 옴 진리교에 입신한 사람들에게 있어서

그 교리는 이전까지 자신이 가지고 있던 폐색감(閉塞感)이나 억압감에 강력한 세계 설명을 부여하는 힘을 가지고 있었을 것입니다. 이와 같은 모든 경우에 그것은 '이것이야말로 진리다!'라는 강력한 '진리의 관념'을 사람들에게 부여합니다. 종종 그것은 제대로 검증되지 않은 과도한 신념을 사람들에게 부여해, 그 신념이나 이상을 위해서 모든 것을 버릴 정도로 극단적인 '자아 이상'을 만들어 내게 하는 경우가 있습니다.

그렇기 때문에 두 번째 세계상은 일반 사회에 강하게 반대하는 대항적 세계상이 되는 경우가 종종 있습니다. 이 경우에 사람은 일반 사회와 관계를 맺지 못하고 자신의 '세계상'이야말로 옳은 것이며, 세상 사람들은 모두 틀렸다는 강한 신념 속에서 살아가게 됩니다. 대부분의 경우에는 결국 그러한 신념을 가진 사람들과의 공동체 속에서 살아가게 됩니다. 두 번째 세계상은 그런 식으로 청년들에게 작용하여 자신(들)만의 진리를 만들어 내게 하는 경우가 있습니다.

어떤 의미에서 이것은 근대 사회의 필연입니다. 개개의 인간이 자연스러운 세계상에서 벗어나 책이나 새로운 인간관계를 통해서 자신의 '참된' 세계를 만들려고 하는 것은 개개인이 자유로운 존재가 되었다는 사실의 증거이기도 하기 때문입니다. 하지만 그것은 반대로 말하자면, 자신의 '옳음'에 대한 신념에 빠져드는 일이기도 합니다. 이것을 뛰어넘기 위해서 우리들은 '세 번째 세계상'을 필요로 하는 것입니다.

 진리가 '착각'이었다는 사실을 깨닫는 세 번째

　그렇다고 해서 '세 번째 세계상'이 특별히 비밀스러운 것은 아닙니다. 단지 사람이 '두 번째 세계상'을 더욱 뛰어넘어 또 다른 강력한 세계상이 존재할 수 있다는 사실을 알게 될 때, 그것은 찾아옵니다. 예를 들자면 어떤 사람이 한 종교의 교리에 심취하지만 거기서는 충분히 만족할 만한 것을 얻지 못하고, 다른 새로운 세계관을 찾아내는 것과 같은 경우입니다. 그는 첫 번째 세계상, 두 번째 세계상을 얻었고, 거기에 또 다른 세 번째 세계상을 얻게 되는 것입니다. 세 번째 세계상의 의미는 그것이 가장 올바른 세계상이라는 것이 아닙니다.

어떤 세계상에 한 번 열중했던 경험을 갖고, 다음으로 또 다른 세계상에 빠져드는 경험을 한다. 이 사실로 인간은 비로소 자신이 어떤 특정한 '세계상' 속에서 살아왔다는 사실, 세상에는 올바른 생각과 잘못된 생각이 있는 것이 아니라 많은 인간들이 여러 가지 '세계상'을 가지고 살아가고 있는 것이라는 사실을 이해하게 됩니다. 이것이 '세계상'이라는 경험의 묘미입니다.

'세계상'을 단 한 장밖에 가지고 있지 않으면, 인간은 단순히 공동적으로 사람들과 살아가게 될 뿐입니다. 세계상을 두 장 갖게 되었을 때, 사람은 자신이야말로 '진리의 세계' 속에서 살아가고 있다고 강하게 믿게 됩니다. 그리고 세 번째 세계상을 경험한 뒤에야 비로소 무릇 어떤 인간이든 각자의 '세계상' 속에서 살아간다는 사실, 그리고 사회란 여러 가지 '세계상'을 가진 인간들이 서로 관계를 맺고 그것을 교환해 가며 살아가는 장소라는 사실을 깨닫게 되는 것입니다. 교양이 있다는 것은 그러한 사실을 자연스럽게 깨닫게 되었다는 사실을 말하는 것입니다.

살아가는 데 필요한 인간의 지혜에 대한 여러 가지 말

들이 있지만, 세 번째 세계상을 경험하는 것, 그리고 그 의미를 아는 것이야말로 무엇보다도 중요한 지혜 중 하나입니다. 제아무리 해박한 지식을 갖고 있다 하더라도, 그것만으로는 인간에게 좋은 지혜를 부여하지는 못합니다. 양질의 지식이나 교양이라면, 그것은 반드시 이 세 번째 세계상의 의미를 그 속에 함축하고 있는 법입니다.

참된 것

'인간 자신에 대해서나 그 외의 어떤 것에 대해서도 무엇이 최선이며, 무엇이 최상인가 하는 것 이외에 인간이 탐구할 만한 가치가 있는 것은 아무것도 없다.'

—플라톤 『파이돈』

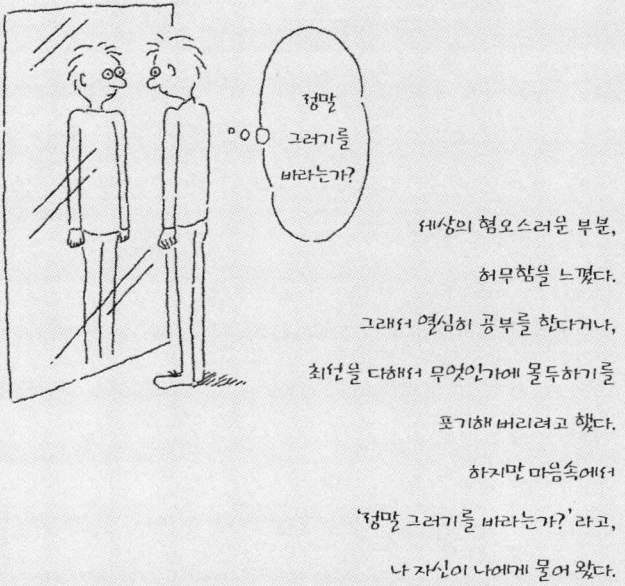

세상의 혐오스러운 부분,

허무함을 느꼈다.

그래서 열심히 공부를 한다거나,

최선을 다해서 무엇인가에 몰두하기를

포기해 버리려고 했다.

하지만 마음속에서

'정말 그러기를 바라는가?'라고,

나 자신이 나에게 물어 왔다.

'모든 사람들의 진리'에서
'자신의 진리'로

　'참된 자신'이라는 관념은 '참된 세계'와 마찬가지로 고뇌에서 생겨난 일종의 환영입니다. 하지만 '진리'라는 관념 자체는 반드시 허망한 것이라고는 할 수 없습니다. 예전에 비평가인 고바야시 히데오는 '주는 것 없이 밉다는 말이 있는데, 그러한 좋고 싫음에 대한 감정은 사람의 의지를 뛰어넘는 것이다. 하지만 문학자라는 사람들은 매일 자신의 좋고 싫음에 대한 감정의 인식, 육성에 신경을 쓰고 있는 사람들이다'라는 말을 한 적이 있었습니다. '진리'라는 말도 이것과 비슷합니다. '진리'라는 관념은 실재하는 모습으로는 어디에도 존재하지 않습니다. 하지만 인간이 살아가는 동안에 언젠가는 반드시 누구의 마음에나 둥지를 트는 것입니다. 그런데 인간은 자신의 '진리'를 잘 키우기도 하고, 반대로 이것을 내던져 버리기도 합니다.

　한편, '진리'란 무엇인가 묻는다면, 이것은 상당히 어려운 문제라는 사실을 쉽게 알 수 있습니다. 하지만 철학자란 무릇 인간에 관한 것이라면 무엇이든 생각하는 인종으로, 잘 정리된 생각이 남아 있습니다. 플라톤과 헤겔, 하이데거가 '진리'의 철학의 대표 선수들입니다. 이들에 대해서 잠시 소개해 보도록 하겠습니다.

중세에는 '진리'라고 하면 '신의 진리'를 일컫는 말이 었습니다. 그것은 전체적이며 공동체적인 것이었습니다. 근대 이후, '진리'의 내실은 완전히 뒤바뀝니다. 중세 유럽의 '진리'는 '모든 사람들의 진리(=세계의 진리)'를 추구하는 것이었습니다. 하지만 근대 이후에는 '자신의 진리(나의 진실)'가 더욱 중요해집니다. 각자의 자유가 해방되었고, '진리'도 또한 각자가 자유롭게 추구하는 것이 되었기 때문입니다. 근대 초기, 이 각자의 '진리'는 우선 예술이나 문학이라는 형태로 표현되었습니다. 프레보, 괴테, 스탕달 등으로 대표되는 근대 연애 소설은 그 전형적인 예라고 할 수 있습니다. 거기에는 '참된 신앙' 대신, 참된 연애가 바로 인간의 삶의 '진리'를 가르쳐 주는 것이라는 강한 확신이 나타나 있습니다.

'정말 그러기를
바라는가?'라는 질문

한편, 근대 철학자들은 근대인의 '자신의 진실'이 어떤 보편성(공통점)을 가지고 있는지에 대해서 철저하게 생각했습니다. 우선 하이데거.

하이데거는 '진리'를 '본래성'이라는 키워드로 불렀습니다. 인간은 '죽을 수밖에 없는 존재'라는 것이 그의 철학의 출발점입니다. '죽음'은 인간에게 자기 삶의 일회성과 유한성을 의식하게 합니다. 이 삶의 유한성과 무엇과도 바꿀 수 없는 소중함이 인간으로 하여금 자기 삶의 '본래성'이라는 것에 마음을 쓰게 합니다. 자신의 '참된' 삶을 살아가고 싶다는 배려가 실존의 '존재 배려'입니다.

그리고 우리들은 누구나 '양심'이라는 것을 가지고 있습니다. 혹은 '양심'이라는 것을 경험합니다. 예를 들어서 누군가에게 본의 아니게 거짓말을 해야만 할 때, 일의 사정상 뭔가 석연치 않은 일을 해야만 할 때, 혹은 좀 더 단순하게 참을 수 없는 욕망에 휩싸여서 믿음을 배신하거나 사람에게 상처를 줄 때는 누구나 '양심'의 목소리를 듣게 됩니다. '너는 정말 그렇게 하기를 바라는 거냐? 그걸 진리라고 할 수 있는 거냐? 너는 정말로 그렇게 살아가고 싶은 거냐?'

하이데거에 의하면 인간은 마지막 순간에는 누구나 반드시 그러한 자신의 삶의 '진실'에 대해 신경을 쓴다고 합니다. 그렇다고 해서 모든 사람들에게 '진실'된 삶을 살라고 하는 것은 아닙니다. 그렇다면 그것은 도학자(道學者, 윤리적 규칙에 엄격한 사람)의 설교와 다를 바가 없습니다. '선한 사람이 되어라'라는 도학자의 주장은 자신이 훌륭한 인간으로 인정받고 싶다는 자기 욕망을 충분히 자각하지 못하고 있는 경우가 많습니다.

하이데거는 그런 말은 하지 않았습니다. 인간은 좀처럼 이상적인 삶, 훌륭한 삶을 살지 못합니다. 그래도 한 번뿐인 삶 속에서 자신의 삶의 '진실'을 배려하는 심성은 죽을 수밖에 없는 인간에게는 본성적인 것입니다. 때때로 인간은 좌절하거나 절망하여 자신의 '진실'을 내던져 버립니다. 하지만 그것은 '진실'이 허망하다는 얘기가 아닙니다. 오히려 자신의 '진실'에 대한 배려야말로 인간의 본질적인 핵심이며, 인간이 니힐리즘에 빠져

들 때에는 이 자신의 가장 중요한 본질을 스스로 버리는
것입니다.

이것이 하이데거의 '진리'의 철학의 골격입니다.

 소중한 것은 자신에게 있어서의 진리

헤겔의 '진리'의 철학은 더욱 다이내믹합니다. 헤겔
은 '진리'를 '절대 본질'이라는 매우 거창한 술어로 불
렀습니다. 그 때문에 그것은 계속해서 '신'이나 '지상
존재'를 의미하는 것이라고 생각되어져 왔습니다. 하지
만 이것은 사실 아주 깊이 사유된 '진리'의 철학입니다.
잠깐 부연해 가면서 해설해 보도록 하겠습니다.

밖에서 보기에 동물의 삶에는 일정한 '목적', '목표'
가 있습니다. 종의 존속, 유지가 바로 그것입니다. 이것
은 본능에 의해서 한정되어 있다는 점에서 외적인 목적
입니다.

하지만 인간은 자기 스스로 '이것을 목표로 살아가는
것이 가장 중요한 일이다'라고 생각하여 스스로 납득하

고 있는 내적인 '목적'을 가지고 있습니다. 왜냐하면 인간은 '자기 의식'이기 때문입니다. 만약 더욱 고도의 우주인이 밖에서 본다면, 인간도 외적인 '목적'을 가지고 있는 것으로 보일지도 모릅니다. 하지만 인간은 그것을 '제대로 알지도 못하는 무관한 자들의 견해에 불과하다'고 말해 버려도 상관없습니다. 인간의 본질은 '자기 의식'이라는 점에 있기 때문에, 인간은 외적 목적이 아니라 '내적 목적'으로 살아가는 것입니다. 다시 말하자면 인간은 빵에 의해서 살아갈 수 있는 토대가 갖춰지면, 그 다음에는 반드시 정신적인 세계에서 살아가려고 하는 존재입니다.

한편, 인간의 '세계'는 환경 세계가 아니라 '관계의 세계'입니다. 인간 사회란 여러 가지 규칙으로 구성된 다양한 게임입니다. 어떤 게임도 일정한 '목표(골)'를 가지고 있으며, 그것을 목표로 사람들은 서로 경쟁을 합니다. 사회는 그러한 일종의 게임이기 때문에, 일정한 골을 가지고 있습니다. 골이 없으면 노력하며 살아갈 수 없으며, 고생하면서 살아갈 '의미'도 찾아내지 못합니다. 근대 이전의 사회에서는 여러 가지 골이 있으면 곧 사회가 혼란해지기 때문에, 그 골은 오직 한 가지로만 설정되어 있었습니다. 예를 들어서 유럽에서는 '신의 뜻'에 합당한 삶을 사는 것이었습니다.

하지만 근대 사회에서 '진리'의 추구는 각자의 '자유'에 맡겨지게 됩니다. 물론 개개인이 그런 사실을 확실하게 자각하고 있는 것은 아닙니다. '진리'는 인간이 사회관계 속에서 살아가는 데 있어서 누구나 소유하지 않을 수 없는 필연적인 꼴(목표, 목적)인데, 일반적으로 사람들은 그것을 '낭만성'으로, 즉 동경이나 이상과 같은 형태로 갖게 됩니다.

사랑, 동경, 이상은 인생의 원동력입니다. 이것이 없으면 인간은 살아갈 의욕을 잃게 됩니다. 낭만성은 생활을 생생하고 희망에 넘치는 것으로 만드는 데 없어서는 안 될 요소인데, 이것은 또한 인간의 여러 가지 목표, 목적의 원천이기도 합니다. 그런데 안타깝게도 이것은 자신의 뜻대로 되는 것이 아닙니다. 다시 말해서 갖고 싶다고 해서 가질 수 있는 것이 아닙니다.

동경과 좌절, 연애를 할 때마다
변화하는 진리

그렇다면 어떻게 생각해야 하는 걸까요? 우선은 이 사실들의 원리에 대해서 생각해 보도록 합시다.

일반적으로 인간의 낭만성은 유년기에서 사춘기에 걸쳐서 형성됩니다. 그것은 '이야기'나 '미적인 것'이 인간의 자기 의식 속에서 결정 작용을 일으킨 것으로, 기본적으로는 멋진 자신, 훌륭한 자신이고 싶다는 생각과 연결되어 있습니다. 여자 아이들의 낭만은 대체로 '사랑받고 싶은 아이덴티티(애정 욕구형)'라는 유형을 취하며, 남자 아이들은 '인정받고 싶은 아이덴티티(승인 욕구형)'라는 유형을 취합니다. 따라서 일반적으로 여성은 동경형(憧憬型) 낭만을, 남성은 이상 추구형 낭만을 갖게 됩니다. 헤겔은 남성의 이상 추구형 낭만이 여러 가지 '진리'의 형태를 취해 가는 과정을 잘 묘사했습니다. 조금 다듬어서 정리를 해보면 이런 내용입니다(괄호 안이 헤겔의 용어).

① '독아론'(자기 의식의 자유)

② '향수(享受)'

③ '연애'(쾌락과 운명)

④ '마음의 뜻'(가슴의 법칙 · 덕의 기사)

⑤ '진리'의 승인 게임(일 그 자체)

우선 ①의 '독아론', 이것은 「자기 의식의 세 가지 유형」에서 말한 '스토아주의→회의주의→불행에 대한 의식'이라는 유형으로, 자신이 가치 있는 존재라는 사실을 확인하고 싶지만 타인의 승인을 얻기가 어렵기 때문에, 자신의 내부에서만 자신을 가치 있는 존재라고 인정하는 유형입니다.

자기 홀로 참된 자신이고자 하는 '진리'입니다. 그런 쓸데없는 짓을 왜 해? 하고 생각할지도 모르겠지만, 이것은 자존심이나 허영심, 자신도 모르게 자만하는 것, 무의식중에 사람을 깔보거나 차별적으로 대하는 것 등과 같이 일상적으로 모든 사람들이 반드시 품고 있는 마음의 작용으로, 여기서 완전히 자유로울 수 있는 사람은 아무도 없습니다. 그런데 사춘기에서부터 청년기에는 이것이 특히 맹위를 떨치기 때문에, 많은 젊은이들이 이 아무런 성과도 없는 헛수고의 시험에 사로잡혀 고뇌하게 됩니다.

다음으로 ②의 '향수', 사실 이것은 '좌절'의 한 형태입니다. 즉 저 홀로 훌륭하고 멋진 자기 자신이 되려고 하는 '진리'의 좌절에서 생겨나는 것입니다. 훌륭한 자신이고 싶다는 욕망이 계속 살아남기 위해서는 어떤 능력이 있다거나, 남들보다 귀엽다거나 하는 등의 장점을 갖고 있어야만 합니다. 하지만 스스로에 대한 자신감이 없거나, 자신을 사랑하지 못하는 경우, 사람은 선한 '자기 자신이고 싶다는 사실'에 좌절하여 목표를 그저 즐기는 것, 단순한 에로스의 '향수'로 바꿔 설정하게 됩니다.

쉽게 말해서 반에서 5등 안에 들 정도의 우등생은 대체로 자연스럽게 '훌륭한 자신'이고 싶다는 '진리'를 향하게 되며, 그보다 조금 밑에 있는 사람은 '나는 부자가 한 번 되어 보겠다'는 등의 생각을 품게 되는 법입니다. 부자가 되겠다는 목표는 일반 사회에서는 커다란 승인을 얻는 일이지만, 중·고등학교 정도에서는 그렇게 존경받는 아이템이 아닙니다. 훌륭해지는 것만이 인간의 의미가 아니라거나, 인생을 충분히 즐기면 되는 것이 아닌가 하는 생각, 혹은 타인의 평가가 그렇게 중요한 것인가 하는 등의 조금 굴절된 '진리'가 그런 형태를 취하게 되는 것입니다.

강력하고 절대적인
'연애의 진리'

③의 '연애', '연애'라는 사건을 만나게 되면 사람은 '자기 의식'의 '진리'와 즐거움만 얻으면 된다고 하는 '향수'의 '진리'가 모두 더할 나위 없이 하찮은 것이었다고 생각하게 됩니다. 그만큼 '연애의 진리'는 강력한 것입니다. 왜냐하면 연애에서는 서로에게 에로스를 부여하면서 상대의 인간을 서로 이해하는, 지금까지 전혀 알지 못했던 세계가 나타나기 때문입니다.

거기에는 에로스의 '향수'라는 측면도 있지만, 그것은 독아론적인 것이 아니라 인간관계로써 열려 있는 것입니다. 또한 일반적으로 현실과 낭만은 일치하지 않지만 연애에서 연인은 자신의 낭만적 환상의 투영이기 때문에, 어떤 의미에서는 현실과 낭만이 일치합니다. 따라서 많은 젊은이들이 연애라는 경험 속에서 매우 강력한 '진리'를 직관하게 되는 것입니다.

그렇다고 해서 연애가 만병통치약은 아닙니다. 청년기의 연애는 과도한 낭만성에 사로잡히기 때문에, 대부분 좌절을 맛보게 됩니다. 헤겔은 여기에 '쾌락과 운명'이라는 재미있는 이름을 붙였습니다. 연애의 쾌락 뒤에는 반드시 좌절이라는 운명이 기다리고 있는 법입니다.

연애가 도달하는 곳이란 어떤 경우에는 절망, 어떤 경우에는 환멸, 가장 좋은 경우라 할지라도 아이를 기르기 위해서 두 사람이 현실 생활의 수고를 받아들여야 하는 것입니다. 그리고 생활을 위한 마음 씀씀이와 필요는 연애의 낭만과 양립할 수 없습니다. 연애의 '진리'는 수명이 매우 짧으며, 오래 지속되는 경우는 극히 드뭅니다.

바로 여기서 ④의 '마음의 뜻'이 나타납니다(시간적 순서의 필연성은 없습니다).

연애의 '진리'의 약점은 그것이 두 사람의 관계 속에 한정되어 있다는 점, 서로 자신의 낭만적 환상을 투영하고 있는 것일 뿐이라는 점입니다. 그래서 연애에서 좌절을 맛본 사람이나, 성실하고 그다지 인기가 없는 사람들은 연애 같은 것에 빠지기보다는 차라리 '올바른 인간'으로서 살아가자고 생각합니다.

'옳음'이나 '정의'라는 것은 성실한 성격을 가진 사람에게는 신비한 매력을 가진 '진리'입니다. 그것들은 보다 보편적이며, 보다 널리 사회와 연결되어 있는 것이라는 느낌을 주기 때문입니다. '정의'를 강하게 사랑하는 사람은 종종 연애의 에로스에 빠져 있는 사람을 얕잡아 봅니다. 소세키(漱石, 1867~1916. 소설가, 영문학자. 일본 근대 문학의 거장. 『도련님』, 『마음』, 『나는 고양이로소이다』 등—역자 주)의 『마음』에 주인공인 '나'가 '정신적인 향상심이 없는 자는 바보다'라는 말로 사랑에 괴로워하는 성실한 친구인 K를 몰아붙이는 장면이 있습니다. 연애는 단지 한 사람만을(그것도 자신의 낭만으로써) 사랑하는 것이지만, '정의(옳음)'는 많은 사람들이나 사회 전체를 배려하는 것입니다.

헤겔은 이 '옳음'이라는 '진리'를 두 가지 들었습니다. 하나는 언제나 자기 마음의 '순수함·청렴함'을 유지하려고 하는 '가슴의 법칙'이며, 또 다른 하나는 '자신의 순수함'을 넘어서 언제나 사회적인 '옳음'을 지향하려고 하는 '덕의 기사'입니다. 아름다운 우정을 끝까지 믿으려고 하는 『달려라 메로스』(다자이 오사무의 소설 – 역자 주)의 주인공 등은 전자에 해당한다고 말할 수 있습니다. '덕의 기사'를 대표할 만한 사람은 프랑스 혁명에서 자신의 모든 것을 가난한 사람들을 위해서 바치겠다고 결심했던 로베스피에르입니다. 사회적인 '옳음'을 위해서 살아가는 '진리'는 성실한 사람에게 있어서는 연애나 '가슴의 법칙', '진리'보다 더욱 보편적인 것으로 보입니다.

하지만 여기까지 와서 헤겔은 이렇게 말합니다. 연애의 '진리'나 덕의 기사적인 '진리'는 모두 그 본질을 잘 생각해 보면 사실은 독아론적, 즉 나만 좋으면 된다는 식의 것이라는 사실을 알 수 있다고.

좀 나쁘게 말하자면 연애는 서로가 자신의 낭만적 환상을 투영하는 것일 뿐이며, '덕의 기사'는 무턱대고 '정의'의 실현을 추구함으로써 사실은 자신의 '옳음'을 주위 사람들에게 증명해 보이고 싶다는 동기에서 나오는 면이 없지 않아 있기 때문입니다. 사람은 이 사실을 자각하는 순간, 이들 나만 좋으면 된다는 식의 '진리'에서 벗어나 앞으로 나아간다고 헤겔은 말했습니다.

사람에게는 '진리'라는 목표가 필요

이렇게 해서 제시되는 것이 ⑤ '진리'의 승인 게임, 즉

'일 그 자체'라는 '진리'입니다.

　'일 그 자체'는 상당히 이해하기 힘든 개념인데, 상징적으로 말하자면 '문학'이나 '학문'과 같은 문화의 게임이 하나의 전형적인 예라고 할 수 있습니다. 예를 들어서 어떤 사람이 아주 좋은 소설을 읽고 감동하여 문학을 동경하게 되고, 자신도 글을 써 보기로 결심했다고 합시다. 그 사람은 우선 여러 가지 소설을 읽으며 대체로 이런 식으로 쓰는 것이라는 문학의 화법(즉 규칙)을 파악합니다. 그리고 실제로 글을 써서 그것을 다른 사람들의 평가에 맡깁니다. 바로 이것이 어떤 사람이 자신의 영위(營爲), 일을 하나의 승인 게임 속에 던져 넣는 과정입니다.

　거기서는 제아무리 자신이 '이것은 중요한 것이다'라고 생각해도, 그러한 자신의 생각(독아론)은 전혀 도움이 되지 않습니다. 불특정 다수의 사람들의 의견에 의해서 평가가 크게 좌우되는 문화의 승인 게임에서는 무엇이 '참으로 좋은 것'인지 그 누구도 사전에 알 수 없습니다. 단지 사람들은 '참으로 좋은 것'을 만들어 내기 위해서 각자 궁리하고 노력할 뿐, 오직 불특정 다수의 사람들의 의견에 의해서만 그 평가가 결정되는 것입니다. 이 '참으로 좋은 것'에 대한 승인 게임은 문학·예술·학문과 같은 영역에만 국한되는 것이 아니라, 크게 보자면 사실은 사회 일반이 그러한 영역에 포함되는 것입니다. '참으로 좋은' 빵을 만들고 싶다고 생각하는 사람도 있으며, '참으로 좋은' 교육을 하고 싶다고 생각하는 사람도 있습니다.

다시 말하자면 '일 그 자체' 게임은 '참으로 좋은 것'을 인간의 행위로써 만들어 내는 것을 경쟁하는 공정한 승인 게임입니다.

여기에 중요한 사실이 몇 가지 있습니다.

① '일 그 자체' 게임은 어떤 절대적인 '진리'를 상정해 놓고(예를 들자면 신에 대한 참된 신앙, 절대적인 정의 등) 그것을 향해서 서로 경쟁하는 게임이 아니라, 목표 자체가 그때그때 설정되는 게임, '진리'에 대한 자유롭고 공정한 게임이라는 사실.

② '일 그 자체' 게임은 가령 멋진 작품이나 선한 행위를 목표로 삼지만 그 의미는 뛰어난 작품을 만들어 내는 것 자체가 아니라, 이 '진리'의 게임 속에 개개인의 인간성이 '표현'되고, 게임에 참가한 사람들이 서로 그것을 받아들인다는 점에 있다는 사실. 또한 뛰어난 작품이나 행위를 통해서 사람들은 인간적 본질을 직관하고, 이해

하고, 음미하고 있다는 사실.

③ '일 그 자체' 게임이 바람직한 형태로 성립할 수 있는 것은 보다 성숙된 근대 사회(시민 사회)에서라는 사실. 그 사회가 이상하게 경쟁이 치열하다거나, 사회의 공정함이 결여되어 있다거나, 모순이 횡행하고 있다면 그 정도가 심할수록 '일 그 자체' 게임은 공정한 것이 아니라, 일그러진 것이 된다는 사실.

이처럼 '일 그 자체' 게임이 가르쳐 주는 것은, 인간의 '진리'라는 것은 개인의 내면에서만 성립될 수 있는 것이 아니며, 반대로 전체를 통괄하는 '절대적인 것'으로도 성립될 수 없다는 사실. 그것은 많은 사람들이 서로의 자유를 인정하면서 '좋은 것'을 경쟁하는 공정한 승인 게임 속에서 비로소 성립될 수 있는 것이라는 사실입니다.

이것이 헤겔의 '진리'의 철학의 커다란 윤곽입니다. 그 존재의 본질이라는 입장에서 봤을 때, 인간이란 '진리'라는 목표가 없으면 풍요로운 삶을 살아갈 수 없는 생물입니다. 이것은 특별히 인간은 '진리'를 가져야만 한다는 이상론이 아닙니다. 인간은 '자아'를 가지고 있는 환상적인 생물이기 때문에 '진리'라는 목표가 말라 버리면 니힐리즘(허무)이나 시니시즘(염세)에 빠지며, 삶에 대한 의욕이 사라지고, 자신을 포기해 버린다는 원리를 설명한 것입니다.

'진리'란 어딘가 멀리에 존재하고 있는 것이 아니라, 인간이 관계 속에서 길러 내는 것입니다. 인간이란 대체로 젊었을 때는 '진리'에 대한 강한 생각에 불타오르지만, 나이가 들어감에 따라서 그것을 완전히 불태워 버리는 경향이 있습니다. '진리'를 잘 키워서 오래도록 살게 하는 것, 그것을 잃었을 때는 다시 한 번 자신을 리세트하여 재도전할 수 있는 것, 그것들이 인간과 사회에 있어서 매우 중요한 것입니다.

첫사랑

자신이 받아들여졌다는 환상

'무시무시한 심연을 마주하고 있으면서 한쪽 손은 완
전한 행복에 닿아 있는 길.'

—스탕달 「연애론」

그녀를 알게 되면서부터

내가 품고 있던 보잘것없는 고뇌와 하찮은 망상이

모두 사라져 버렸다.

하지만 그 연애도 환상이었다는 사실을,

후에 깨닫게 되었다.

연애는 그것만으로도
'삶의 의미'를 채워 준다

　스탕달에 의하면, 애정의 정열이란 한편으로는 '무시무시한 심연을 마주하고 있으면서 한쪽 손은 완전한 행복에 닿아 있는 길'(『연애론』)입니다. 즉 어떤 사람이 자신에게 있어서 무엇과도 바꿀 수 없는 소중한 '이 사람'으로 나타난다는 것은, 이 사람(의 마음)을 사로잡지 못하면 '내 일생은 무의미한 것이 되어 버리고 만다'는 생각에 휩싸이는 것, 반대로 말하자면 만약 이 사람을 사로잡을 수만 있다면 삶의 의미가 충족될 것 같다는 이상한 직관에 사로잡히는 것을 말합니다.

　격렬하고 정열적인 연애는 종종 연애라는 것이, 이 사람을 얻을 수만 있다면 삶의 의미를 충족시킬 수 있을 것이라고 하는 '더할 나위 없는' 욕망, '지고성'(바타유)에 대한 욕망이라는 사실을 가르쳐 줍니다. 물론 연애 외에도 그것만으로도 '삶의 의미'를 충족시켜 주는 '지고성'에 대한 욕망은 있습니다. 사회적으로 공공적인 공적을 거둬 이름을 남기는 일(문화·예술 등), 열렬한 종교적 신앙, 그리고 혁명에의 정열 등이 그것입니다.

연애가 특별한 것은 그것이 누구나 손에 넣을 수 있을 것 같은 '지고성'이기 때문입니다. 인간은 누구나 은연중에 이 세상에서 커다란 성공을 거두면 삶의 의미가 채워진다는 사실을 알고 있지만, 그것이 또한 매우 험난한 길이라는 사실도 알고 있습니다. 사람은 청년기가 되기 이전에 이미 자기 가치의 승인 경쟁에 완전히 지쳐 버리게 되는 법입니다. 하지만 연애는 눈앞에 나타난 아주 멋진 사람의 마음을 사로잡을 수만 있다면 그것만으로도 평생 행복하게 살아갈 수 있을 것 같다는 마음을 품게 합니다. 그것이 연애의 직관 속에 있는 것입니다.

한편, 연애는 '지고성'의 욕망이라는 사실, 바로 이것이 무엇보다 중요한 점입니다. 그런데 어째서 연인을 사로잡으면 삶의 의미 그 자체도 사로잡을 수 있을 것이라는 직관이 찾아오는 것일까요? 이것은 연애에 있어서 또 하나의 중요한 포인트인데, 그것은 연인의 '미(美)'의 문제입니다.

사춘기에 비로소 이성에 대한 신비한 기분을 자신 속에서 발견하게 될 때, 사람은 지금까지와는 전혀 다른 기쁨과 슬픔의 원인이 되는 새로운 세계를 접하게 됩니다. 괴테의 『젊은 베르테르의 슬픔』이나 투르게네프의 『첫사랑』 등은 첫사랑을 다룬 소설의 고전입니다. 하지만 이 세계를 멋들어지게 포착한 것은 누가 뭐래도 스탕달의 다음과 같은 문장일 것입니다.

> 자연이나 예술품 속에서 지극히 아름다운 것을 보게 되면 번개가 지나가는 것과 같은 속도로 사랑하는 사람이 떠오른다. (중략) 세상의 아름다운 것, 숭고한 것들은 모두 사랑하는 사람의 미의 일부를 이루고 있기 때문으로, 이런 행복을 갑자기 발견하게 되면 곧 눈에서 눈물이 넘쳐흐른다. 이렇게 미를 사랑하는 마음과 연애는 서로에게 생명을 부여하는 것이다.
>
> ─『연애론』

서커스가 사자와 피에로, 그네 등의 복합체인 것처럼, 연애에도 여러 가지 요소가 섞여 있습니다. 하지만 철학은 그것의 가장 중심(본질)이 되는 부분을 말하려고 합니다. 가장 뛰어난 연애의 철학자인 플라톤의 설은 이렇습니다. '연애란 연인의 아름다움 속에서 '미의 이데아'를 상기하는 것이다.' 이것은 무슨 뜻일까요?

연인은 미의 에로스와 자기 승인을
동시에 만족시켜 준다

사람은 그 이전까지도 여러 가지 '멋진 것', '아름다운 것'들을 알고 있습니다. 하지만 연애를 하기 시작하면서 '미'라는 것의 참된 의미를 알게 됩니다. 플라톤은 그렇게 말하고 싶어 했습니다. 스탕달도 연애에 대해서는 플라톤과 거의 같은 직관을 가지고 있었다는 사실을 알 수 있습니다. 처음 연애를 하게 되면 세상의 모든 '멋진 것', '아름다운 것'이 곧 연인에 대한 생각과 연결됩니다. 연애는 인간에게 있어서 '미'가 하나의 독자적인 욕망의 대상임을 가르쳐 주는 경험인 것입니다. 그렇다면 연애는 '미'의 어떤 의미를 가르쳐 주는 것일까요?

앞서 인간은 '자아'라는 것을 가지고 있기 때문에 '욕망'의 본질이 동물과는 다르다는 말을 했습니다. 인간 욕망의 본질은 우선 자기 가치의 확인이라는 사실에 자리잡고 있습니다. 따라서 나르시시즘, 자존심, 허영심은 그 어떤 인간에게 있어서도 행동의 기본 동기입니다. 이기심이나 자애 그 자체가 좋지 않은 것이라는 생각은 어린아이의 사고에 지나지 않습니다. 중요한 것은 모든 사람들이 그렇기 때문에 조정하는 지혜가 필요하다는 사실입니다.

어쨌든 모든 사람들로부터 승인을 받고, 좋은 평가를 얻고, 사랑을 받는 인간이 되는 것이 인간 욕망의 첫 번째 목표입니다. 즉 그것은 여러 가지 의미에서 '선한 자신'을 추구하는 것인데, 물론 치열한 경쟁이 있기 때문에 그리 간단하게 이룰 수 있는 문제는 아닙니다. 그리고 두 번째 목표는 '향수', 에로스나 쾌락을 추구하는 것입니다. 일반적으로 인간 욕망의 대상(목표)의 유형은 이두 가지입니다. 인간은 타인에게 인정받는 훌륭하고 선한 자신이 되고 싶어 하지만, 이것에 좌절하게 되면 조금 목표를 내려서 그럭저럭 인생을 즐길(향수할) 수 있으면 된다고 생각합니다. 이것은 자연스러운 이치입니다.

그런데 쉽게 알 수 있는 것처럼 연애에 대한 욕망은 조금 독자적인 것입니다. 남성과 여성 사이에 조금 차이가 있는데, 여기서는 남성 유형으로 생각해 보도록 하겠습니다.

연애(특히 첫사랑)를 할 때 처음으로 품게 되는 감정에는 '정말 멋진 사람이다'라는 놀라움이 포함되어 있습니다. 이 놀라움은 어떤 발견의 놀라움인데, 사람이 연인의 아름다움, 멋들어짐 속에서 직관하는 것은 바로 자신의 낭만성입니다. 연애는 기본적으로 자신의 낭만적 환상(판타지)의 투영입니다. 따라서 사람이 거기서 연인의 '아름다움'이나 '미질(美質)'을 발견해 낸다는 것은 자신의 낭만적 환상이 결정화된 것이라고 말할 수 있습니다. 그렇기 때문에 연애의 직관은 '저 사람(의 마음)이 내 것이 되면 그 얼마나 멋질까?'라는 형태로 나타나는 것입니다.

인간에게 있어서 연인의 '미'는 다른 향수의 대상과 마찬가지로 에로스적 대상입니다. 하지만 인간에게 있어서 연인은 화려한 드레스나 맛있는 와인과 같이 생활에 즐거움을 주는 미적인 것, 멋진 것과는 다른 존재입니다. 연인을 성적인 대상으로만 본다면 그런 면도 없지 않아 있지만, 연인은 단순한 성적 대상이 아닙니다. 한마디로 말하자면 연인은 에로스적인 '향수'와 '자기 승인'을 양립시킨 형태를 단번에 충족시켜 주는 대상인 것입니다. 그리고 이 '승인'은 어떤 특별한 의미를 지닌 승인입니다.

연애는 노력 없이
큰돈을 손에 넣을 수 있는 도박

　연인의 '승인'은 부모의 승인과는 다르며, 또한 친구나 세상 사람들의 승인과도 다릅니다. 연애에서는 자신이 특정한 가치나 우위, 아이템에 의해서 승인(=평가)받는 것이 아니라 '자신이 자신'이라는 이유로 승인받고 있다는 감각을 부여합니다. 또 하나 중요한 것은 그 승인이 '멋진 사람'에 의해서 행해진다는 점입니다.

　연애는 도박과 비슷하다고 말할 수 있습니다. 일반적으로 사람들은 타자의 승인을 얻기 위해서 근면함과 거듭되는 노력으로 자신의 가치를 형성해 갑니다. 승인을 얻는 것이 사회라는 게임의 목표인데, 그것은 치열한 경쟁 속에 있습니다. 도박은 여러 가지 영리의 노력 게임을 생략하고 단번에 그 마지막 결과만을 결정하는 게임인데, 연애도 승인 게임의 장애물이나 어려움을 뛰어넘어 단번에 '삶'의 아름다운 과실을 손에 넣을 수 있다는 현란한 가능성을 부여해 주기 때문입니다.

　연애란 연인을 통해서 '더할 나위 없는 삶의 가능성'을 직관하는 독자적인 경험을 말하는 것인데, 그 내실은 연인이 '아름다운 것', '멋진 것', '자신을 지켜 주는 것', '행복하게 해주는 것'으로써 나타난다는 것, 그것이 각자의 낭만적 환상의 화신으로 출현한다는 것에 있습니다.

하지만 이것은 연애의 초기 조건입니다. 연애가 인간에게 있어서 진정으로 독자적인 경험이라는 사실은 오히려 그보다 후에 일어나는 사정, 즉 연애는 그것이 아름다운 낭만적 환상으로써 존재하기 때문에 언제나 좌절과 환멸을 가져다 주지만, 그래도 인간은 연애를 추구하지 않을 수 없다는 사정에 있습니다.

프랑스의 시인 생트 뵈브는 『인생론』에서 '젊은이들에게 있어서 가면 무도회는 그 얼마나 화려하고 매력적인 세계인가? 하지만 그곳을 지나온 어른들은 그 화려한 울타리 너머에는 아무것도 존재하지 않는다는 사실을 알고 있다'고 말했습니다. 연애의 허무함을 알고 있다고 말하지 않는 어른은 거의 없습니다. 그런데 그럼에도 불구하고 연애에 관한 음악이나 이야기가 지닌 매력에 마음이 움직이지 않는 어른 또한 거의 찾아볼 수가 없습니다. 대부분의 연애는 환상이 깨지면서 끝을 맺습니다. 그런데 사람들은 그래도 단순한 에로스의 '향수'

만으로는 살아가지 못하고, 반드시 낭만적 환영을 필요로 하는 법입니다.

아름다운 것이란 인간의 낭만적 심성이 결정화된 것입니다. 연애에 대한 욕망은 단순히 에로틱한 욕망이 아닙니다. 그것은 마치 '자기 의식의 자유'와 마찬가지로 자기 중심성 속에서만 낭만을 소비하는 것인데, 연애는 타자인 인간 속에서 '아름다운 것', '멋진 것'을 찾아내어 거기에 대한 동경으로 살아가려고 하는 욕망입니다. 그렇기 때문에 제아무리 좌절을 맛본다 하더라도, 사람이 살아 있는 한 그 마지막 불꽃을 꺼 버릴 수는 없습니다.

연애술은 존재하는가?

'연애는 인생의 비약(秘藥)이다. 연애가 있어야 비로소 인생이 있는 것이다. 인생에서 연애를 빼고 나면 아무런 빛깔도, 맛도 남질 않는다.'

—기타무라 도코쿠(北村透谷) 『염세 시가(厭世詩家)와 여성』

'좋아한다'고 생각하고 정신 없이 사랑을 했는데, 마음 한구석에는 그녀의 어디가 좋은 것인지 알 수가 없었다. 그녀도 나의 어디가 좋은지 몰랐고, 연애는 불안한 외줄 타기와도 같았다.

남녀 간의 의식의 엇갈림을 어떻게 할 것인가?

연애에 관한 수많은 이론이 있지만, 가장 커다란 특징은 반드시 플라토닉파와 에로티시즘파로 의견이 갈린다는 점입니다. 사람들을 몇 명 모아 놓고 연애란 무엇인가에 대한 의견을 물어보면, 반드시 낭만적인 '순애파(純愛派)'와 조금 냉소적인 현실적 '에로스파'로 나뉩니다. 이것은 삶 자체에 대한 인간 태도의 양극 구조가 반영된 것입니다.

전자를 대표하는 사람들은 '결정 작용'을 주장한 스탕달과 연애란 미의 이데아의 상기라고 말한 플라톤입니다. 후자를 대표하는 사람들은 연애는 장식된 육욕이기 때문에 멀리해야 한다고 말한 톨스토이와 연애보다도 에로티시즘이 참된 지상성(至上性)이라고 말한 사드입니다.

근대 연애 소설의 역사 속에서도 『마농 레스코』(프레보)나 『젊은 베르테르의 슬픔』(괴테), 『적과 흑』(스탕달)과 같은 순애파의 명작이 출현하면, 이것과 병행하여 『악덕의 번영』(사드)이나 『위험한 관계』(라클로)와 같은 반순애 소설의 대표작들이 등장했습니다. 여기에 대해서는 반드시 어느 것이 옳다고는 말할 수 없습니다. 굳이 말하자면 낭만적 연애관을 가진 사람은 연애를 통해서 비교적 행복한 경험을 한 사람들이라고 할 수 있습니다. 그런데 연애 이론이 아닌 연애술이라는 것이 과연 존재할까요?

가장 소박하고 기본적인 연애술은 '좋아하는 것을 좋아한다고 말하는 쪽이 승리'(유민)라는 말입니다. 이것이 소박한 연애술이라고 말한 것은 연애는 인간이 자신의 '자의식'과 맞서 싸우는 첫 번째 중요한 경험이기 때문에, 이 방법으로 비교적 쉽게 '승리'를 얻은 사람 앞에는 또 다른 어려움이 기다리고 있기 때문입니다. 그래도 연애에 있어서 이것은 매우 강력한 전술이라고 말할 수 있습니다.

그런데 조금 더 진화된 전술을 소개해 보자면, 그것은 무엇보다도 먼저 남녀 간의 욕망의 '엇갈림'을 충분히 이해하는 것입니다.

연애에는 세 가지 단계가 있습니다.

첫 번째 단계는 그저 서로의 마음만을 확인했을 뿐인 단계입니다. 두 번째 단계는 남녀 간의 에로스 관계가 성립된 이른바 남녀 관계의 단계. 마지막 단계는 생활과 삶의 방식을 함께하는 '공생'의 관계입니다. 이들은 각각 남녀 관계로써 그 본질이 다릅니다.

인간은 최종적으로 '자기 관계'이기 때문에, 남녀 관계가 당연히 이 세 가지 길을 마지막까지 가야 하는 것은 아닙니다. 하지만 이들 세계를 경험하는 것이 삶의 게임으로써 더욱 깊은 맛을 갖게 된다는 사실은 말할 필요도 없습니다.

이 세 가지 단계는 중간 단계를 뛰어넘을 수가 없으며, 앞 단계를 넘어설 능력이 생겨야만 비로소 다음 단계로 나아갈 수 있는 구조로 되어 있습니다. 따라서 연애술이란 일반적으로 두 사람이 관계를 키워 가면서 이 세 가지 과정을 문제없이 밟아 나가기 위한 기술(아트)이라고 말할 수 있습니다. 각각의 중요한 포인트에 대해서 생각해 보도록 하겠습니다.

우선은 '멋있다', '귀엽다'고 생각하게 한다

:: 초기의 승인 단계

이것은 연애의 첫 번째 관문이기 때문에, 어쨌든 이

첫 번째 문이 열리지 않으면 게임은 시작되지 않습니다. 앞서 말한 것처럼, 이 문을 여는 데 있어서 가장 소박하고 강력한 전술은 '좋아하는 것은 좋아한다고 말한다'는 것입니다. 하지만 잠깐 생각해 보면 이 말에는 독특한 뉘앙스가 있습니다. 즉 자신의 '귀여움'에 어느 정도 의존하는 경향이 있는 여자가 마음먹고 덤벼든다면, 대부분의 남자는 저항하기 힘들다는 뉘앙스가 있습니다. 다시 말해서 남녀의 에로스적인 본성의 '오차'를 가장 빨리 탐지하여(이른바 본능적으로), 그것을 이용하는 여자가 유리한 입장에 설 수 있다는 뉘앙스입니다.

남녀 간의 초기 승인 단계에는 '가혹한 사실'이 있다는 사실을 확실하게 알아 두는 것은 그다지 나쁜 일이 아닙니다. 이 단계에서 볼 수 있는 남녀의 일반적인 '한탄'은 '결국 그는 여자의 외모밖에 보지 않는 거야'와 '어차피 그녀는 남자의 재능을 사랑하고 있는 거야'라는 것입니다. 그런데 그런 말을 하는 사람은 상대의 외모나 재능을 보지 않느냐 하면, 그런 경우는 거의 없습니다. 어차피 연애의 가장 중요한 생명은 낭만적인 자기 환상이기 때문에, 문의 열쇠는 상대의 마음에 '멋지다'는 생각을 품게 하는 데 있을 뿐입니다.

여기서 좌절을 맛보고 연애 전부를 환상으로 치부하거나, 에로스 성을 거부해 버리는 등의 경우도 흔히 있는 유형입니다. 혹은 그러한 남녀의 환상 관계 자체를 일그러진 제도라고 주장하는 유형도 있지만, 그것도 좌절에 의한 반동 형성(反動形成)의 전형적인 예입니다. 지금 자신에게 필요한 것은 많은 것이 아니라 하나의 승인 관계라는 사실, 또한 첫 번째 관문은 '멋있다'나 '귀엽다'와 같은 어떤 에로스 성으로 상대의 마음을 움직이는 것 외에는 방법이 없다는 사실, 이들 사실을 어쨌든 받아들이는 것이 가장 필요한 최선책입니다.

남자는 성적으로 굶주린 늑대, 여자는 정신적인 애정의 거지

:: 에로스적 남녀 관계

여기에는 수많은 문제가 있기 때문에 가장 중요한 것 한 가지만. 그것은 남녀의 성적 환상에 대한 '엇갈림', '어긋남'에 관한 것입니다. 이것은 누구나 어렴풋이는 알고 있는 사실이지만 그렇게 확실하게 자각할 수는 없으며, 또한 그다지 자각하고 싶지 않은 것이라는 사정도 있습니다.

조금 극단적으로 말하는 것이 더 이해하기 쉽기 때문에 조금 극단적으로 말해 보겠습니다. 남자는, 특히 젊은 남자는 대체로 '성적으로 굶주린 늑대'라고 할 수 있습니다. 또한 젊은 여자는 대체로 '정신적인 애정의 거지'라고 말할 수 있습니다. 남자는 자신이 너무나도 배가 고프기 때문에, 누군가를 좋아하게 되어도 그것이 사랑인지 성욕인지 잘 모르는 경우가 종종 있습니다. 그 때문에 낭만적으로 양심에 걸리는 부분을 갖게 되며, 또한 그 반동 형성도 생겨납니다. 여자는 이 남녀 간의 '어긋남'에 더욱 둔감하기 때문에, 이상한 성욕에 시달리지는 않습니다. 하지만 그 대신 자신의 애정 이야기를 아름다운 것이라고 믿고 있으며, 또한 남자에 대한 지나친 환영을 그려 봅니다. 그래서 그 반동으로 남성 성(男性性)을 혐오하거나 경멸하게 되는 것입니다. 이 환상에 대한 '어긋남'이 이 단계의 가장 큰 어려움입니다.

성실한 남녀는 관계를 깊이 있는 것으로 키워 나가기 위해 노력하겠다는 마음을 품고 있습니다. 즉 서로를 잘 이해하고 인간으로서 알아가려고 합니다. 하지만 이

'환상과 욕망의 엇갈림'은 상대방을 원하는 마음의 전반적인 '엇갈림'을 서로의 마음에 품게 합니다. 물론 이 엇갈림은 남녀에 따라서 다른 것으로, 매우 심하게 엇갈리는 경우가 있는가 하면 다행스럽게도 거의 문제가 되지 않는 경우도 있습니다. 어쨌든 중요한 것은 이 '환상과 욕망의 엇갈림'은 보편적인 것이라는 사실, 이 엇갈림을 이해하는 것 자체보다도 오히려 그러한 엇갈림을 서로 이해하려고 하는 노력을 통해서 인간 대 인간으로서의 신뢰감을 길러 가야 한다는 사실입니다.

주의해야 할 것은 이러한 남녀 간의 '엇갈림'을 깨닫고 문제화한 것이 남녀 간의 에로스 관계에 대한 습속적(習俗的) 규칙이 약해지기 시작한 1970년대 후반 이후라는 사실입니다. 남녀의 '환상과 욕망의 엇갈림'에 대해서는 좀처럼 깨닫지 못했으며, 그것을 주제로 삼을 수 있을 정도로 열린 인간관계의 규칙도 예전에는 없었던 것입니다.

서로가 자기 '삶의 방식의 증인'이 된다는 것

:: 공생 관계

바람직한 공생 관계를 맺는 데는 두 가지 요령이 있는데, 하나는 서로를 존경(리스펙트)하는 것이며, 또 다른 하나는 서로를 용서하는 것입니다. 에로스적 남녀 관계의 포인트는 남자와 여자 사이에 '환상과 욕망의 엇갈림'이 있다는 사실을 서로 조금씩 이해해 가면서 그 엇갈림을 잘 조정하여, 인간으로서의 관계를 만들어 나가야 한다는 점입니다. 그만큼 남녀 간에 있어서는 에로스 관계가 차지하는 비중이 크다는 말입니다. 이것이 원만하게 이루어지면 서로를 배려하고 자기들의 관계를 더욱 소중한 것으로 만들어 가고자 하는 노력을 자연스럽게 하게 되는 법입니다. 어쨌든 공생 관계는 일정한 시간의 간격을 두고 진행되는 것이기 때문에, 처음의 낭만적 환상성만으로는 도저히 이를 유지해 나갈 수 없습니다.

처음 승인 관계의 생명은 자기 환상이 투영된 상대의 '미', 혹은 '미질'입니다. 에로스적 남녀 관계의 생명은

차례차례로 모습을 드러내는 욕구와 요구의 '엇갈림'에 대해서 끊임없이 대화를 나누고 확인을 해서 조정해 나가는 중에, 상대의 인간성을 점점 이해하게 되는 바로 그 속에 있습니다. 그리고 공생 관계의 생명은 처음에 품었던 과도한 환영을 버리고 서로의 환상과 욕망의 엇갈림을 시인한 뒤에, 상대의 존재를 인정하고 받아들이는 데 있습니다. 처음에 품었던 에로스 관계의 불꽃은 서서히 식어 가지만, 서로를 배려하는 마음은 조금씩 깊어지고 보다 자연스러운 것이 됩니다. 즉 공생 관계의 생명은 말하자면 서로의 삶의 방식의 증인이 되는 것입니다.

연애의 비술(秘術)은 존재하지 않습니다. 몇 안 되는 극히 일부의 운 좋은 사람들을 제외하고는, 모두 자신의 빈약한 소유물과 능력의 범위 안에서 자신의 상대를 찾기 위한 노력을 할 수밖에 없습니다. 대부분 나름대로의 기복이 있기 때문에, 멋지고 아름다운 관계는 언제나 찾아보기 힘듭니다. 좌절과 후회와 애절함이 연애에 의해서 품게 되는 생각의 일반적인 전형입니다. 하지만 철학적인 원리라는 입장에서 보자면, 대부분의 사람들이 그런 조건 속에 있다는 사실은 보다 많은 사람들이 지금보다 더 사랑하고 사랑받게 될 가능성을 품고 있다는 것입니다. 많은 사람들이 좀 더 사랑하고 사랑 받기를 원하고 있는데도, 어째서 극히 소수의 사람들만이 서로를 충분히 사랑하는 것일까? 그 '어긋남'이 어디에서 유래하는 것인지를 제대로 이해하는 것. 언제나 이것이 연애의 최선책이 되는 것입니다.

인생에 있어서 서로를 사랑하고, 서로를 배려하는 것은 없어서는 안 될 욕구입니다. 여기서 지나치게 '진리'나 '이상'을 추구하다 보면, 인생에서 필요한 것을 잃게 되는 경우도 있습니다. 누군가와 연애를 할 때는, 이것은 내가 바라던 '참된' 것이 아니었는데 하는 마음이 서로를 배려하는 마음에 결정적으로 상처를 주게 되는 경우도 있습니다.

chapter **4**

어른의 철학

힌트 **1.** '절망'에는 두 종류가 있다.

힌트 **2.** '르상티망'은 커다란 에로스가 되기도 한다.

힌트 **3.** '진리'와 '옳음'은 결정적으로 다르다.

실연

세상을 잃는 것

'기절한 사람이 있으면 물이다, 오 드 코롱이다, 링거다 하며 소란을 피운다. 하지만 절망에 빠지려는 사람이 있다면 가능성을 가져와라, (중략) 가능성만이 유일한 구원이다, 라고 소리칠 필요가 있다.'

—키에르케고르 『죽음에 이르는 병』

이 사람만 있으면

아무것도 필요 없다고 생각했는데, 그 사람이 떠나 버렸다.

남은 나는 사랑과 증오 속에서 발버둥치며 괴로워했다.

하지만 그것조차도 나를 구원해 주지는 못했다.

지독한 실연 뒤에는
무의미만이 남는다

실연이란 세계를 상실하는 경험입니다. 삶의 가능성
과 의미가 소실됨으로써 세계를 잃게 되는 독자적인 경
험입니다. 연애는 그 처음과 마지막 순간, 즉 여명기와
황혼기에 가장 깊게 자신의 본질을 사람에게 가르쳐 줍
니다. 연애에 있어서 이 시간은 인간의 삶의 비밀을 일
순 엿볼 수 있게 하는 독자적인 시간입니다.

예를 들어서 계속 불행했던 사람이 깊은 연애의 가능
성을 붙잡는 순간, 그 사람은 자신이 이 세상에 태어나
서 살아온 이유를 비로소 이해하게 되는 현상이 일어납
니다. 아름다운 것이나 멋진 것, 선한 것의 의미를 처음
으로 알게 되는 현상이 발생하기 때문입니다. '사랑을
맛본 후의 마음에 비하자면 예전의 생각은 없었던 것과
마찬가지다'(곤추나곤아쓰타다)라는 노래가 있는데, 연애
를 하게 되면 세상이 그야말로 정동(情動)과 에로스, 의
미의 세계였다는 사실을 처음으로 깨닫게 되고, 그 깊이
와 맛에 비로소 놀라게 되는 것입니다.

하지만 실연은 더욱 복잡합니다. 실연을 한다는 것은 신과 가까워진다는 것이라고 말한 사람이 있습니다. 진의는 알 수 없지만, 수긍이 가는 말입니다. 실연에 격렬하게 몸부림칠 때는 연애를 시작할 때 이상으로 세상이 어떻게 만들어진 것인지 그 비밀을 더 잘 알게 됩니다.

실연을 하면 인간은 삶의 의미를 잃고, 갑자기 등지느러미와 꼬리지느러미를 잘린 물고기처럼 마음대로 헤엄칠 힘을 잃고 괴로움에 몸부림칩니다. 왜 이런 일이 일어난 것인지 그 사람은 알지 못합니다. 따라서 상처받은 작은 동물처럼 주위의 모든 것들에 대해 공격적인 성향을 보입니다. 그것이 남자의 나약함, 타인이나 세상에 대한 이유 없는 분노, 증오, 질시, 자기혐오, 콤플렉스 등의 현상으로 나타납니다.

사람은 모든 분노와 슬픔과 고뇌를 있는 대로 토로한 후에, 드디어 그런 모든 것들이 무의미하다는 사실을 깨닫게 됩니다. 판도라의 상자는 모든 인간의 악과 재앙을 방출한 뒤 마지막으로 '희망'을 남겨 두는데, 지독한 실연을 하게 되면 세상에 대한 모든 분노와 괴로움이 나타난 뒤 '무의미'만이 남게 됩니다. 하지만 어떤 의미에서 그것은 '구원'입니다.

철저하게 절망할 수 있는 것이
인간의 능력

　모든 것이 무의미합니다. 실연의 슬픔은 깊이 가라앉아 절망의 밑바닥에 쿵하고 부딪힙니다. 사람은 거기에 서야 비로소 다시 한 번 삶의 욕망이라는 부력을 되찾게 됩니다. 만약 실연의 고통이 너무 커서 사람이 상대나 자기 자신에 대한 미움을 계속해서 품게 된다면, 어떻게 될까요? 그 사람은 그야말로 르상티망의 마수에 걸려들어 분노와 증오, 자기혐오와 같은 감정을 이유로 살아가게 될 것입니다.

　실연에는 조리(條理)가 없다는 사실, 제아무리 미움이나 증오가 강해도 그것이 무의미하다는 사실을 아는 것, 즉 철저하게 절망한다는 것은 인간이 가지고 있는 능력 중 하나입니다. 이 인간적 능력이 실연의 슬픔에 깊이 빠진 사람에게 세계의 의미를 가르쳐 줍니다.

　실연의 슬픔은 가혹합니다. '그 사람'을 잃는다는 사실뿐만 아니라, 자신의 인간으로서의 가치 그 자체가 부정되는 것처럼 느껴지기 때문입니다. 상대방이 자신에게 있어서 그 무엇과도 바꿀 수 없는 존재였다면 세계는 의미의 중심을 잃게 되고, 그 일로 인해서 일상은 명확한 윤곽을 잃게 됩니다. 세상의 관절이 해체되고 분리되어 버립니다. 자신의 가치도, 세상의 의미도 사라지며, 시간이 흐른다는 사실조차 그 이전까지 가지고 있던 자명한 의미가 사라져 버리고 맙니다. 일을 하고, 마음을 쓰고, 배려를 하는 일 등 모든 것들이 무의미해집니다. '무엇 때문에'라는 질문에 대답을 할 수 있는 것이 없기 때문입니다. 이때 사람은 어제, 오늘, 내일이라는 당연한 질서가 어떤 삶의 의미와 희망에 의해서 지탱되고 있는 것이라는 사실을 처음으로 깨닫게 됩니다.

 세상을 잃음으로써 세상의 구조를 알게 된다

하지만 사람은 철저하게 절망함으로써 살아가고자 하는 자기 몸의 부력을 되찾게 됩니다. 그것은 의지를 넘어선 것으로, 처음에는 생리적·신체적 욕구가, 그리고 조금씩 에로스를 추구하는 요소가 몸과 정동(情動)에서 배어나기 시작합니다. 실연으로 인해서 모든 가능성과 의미를 잃게 되고, 세계는 산산이 부서져 버립니다. 하지만 해체된 그 세계의 단편들을 주워 모아 간신히 내일을 생각하게 하고, 나날의 사소한 일들에 신경을 쓰게 하는 것이 조금씩 몸속에서 떠오르기 시작합니다. 길고 긴 시간의 줄에 조그만 매듭이 생기기 시작하며, 그것을 붙들고 더듬어 나가는 시간이 다시 조금씩 흐르기 시작합니다.

이렇게 해서 깊은 실연은 세계라는 것이 그때그때의 희망이나 욕망, 가능성에 의해서 그 매듭을 유지하고 있다는 사실을 인간에게 가르쳐 줍니다. 깊은 실연을 경험한 사람은 비록 그 사실을 깨닫지 못한다 하더라도 삶의 의미와 이유는 이해하게 됩니다. 그 사람은 삶의 어떤 비밀을 깨닫게 되며, 인간의 슬픔이나 괴로움의 내실에 대한 지혜를 얻게 됩니다. 따라서 실연이라는 경험을 전혀 해보지 못한 사람, 그리고 실연을 절망이 아닌 르상티망으로 맞아들이는 사람은 신에 아주 조금 다가설 기회를 놓친 것이라고 말해도 좋을 것입니다.

누군가 이런 말도 했습니다. 실연에 의해서 남자만을 알아 가는 여자와 인생을 알아 가는 여자가 있다.

참으로 명언입니다.

진정으로 절망한다는 것

자신과 타인과 세상에 침을 뱉는다

'자신에 대해서 절망한다는 것, 절망하여 자기 자신으로부터 벗어나려고 하는 것, 이것이 모든 절망의 공식이다.'

―키에르케고르 『죽음에 이르는 병』

나는 이렇다 할

재능이나 능력은 없지만,

특별히 뒤떨어지는

것도 아니었다.

살아 있다는 느낌이나 그 맛을

전혀 느끼지 못했으며,

그 사실이 조금씩

나를 절망케 했다.

내가 살아
있는 건가,
죽은 건가
…….

사람은 자신이 주인공인
이야기 속에서 살아간다

절망에는 두 종류가 있습니다. 가능성에 대한 절망과 자기 자신에 대한 절망이 그것입니다.

키에르케고르는 참된 절망은 자기 자신에 대한 절망이라고 말했습니다. 자기 자신에 대해서 절망한다는 것은 절망의 막다른 골목이라고도 말했습니다.

가능성에 대한 절망은 막다른 골목이 아닙니다. 제아무리 지독한 것이라도 연애에 대한 절망은 가능성에 대한 절망이기 때문에, 그것은 반드시 인간성 자체를 손상시키는 것은 아닙니다. 사람은 실연에 의해서 인간을 알게 되며, 인생을 알게 되는 면이 있기 때문입니다. 또한 제아무리 지독한 실연을 한다 해도 대부분의 경우 인간의 삶은 계속되며, 또한 새로운 연애가 생겨나지 말라는 법도 없습니다.

실연이라는 극도의 절망조차도 사람에게 있어서는 나날의 조그만 가능성에 대한 절망, 즉 일상 생활이라고 할 수도 있습니다. 일에서의 실패, 좋은 평가를 얻지 못하는 것, 보상받지 못하는 것, 무시당하는 것, 오해받는 것, 목표를 달성하지 못하는 것…… 등.

즉 나날의 가능성에 대한 절망은 다시 재설정되어 새로운 가능성과 그 자리를 바꾸게 됩니다. 사람은 어떤 명확하고 커다란 '삶의 의미'에 의해서 살아가는 것이 아니라, 나날의 조그만 가능성이 끊임없이 나타나기만 한다면 그것에 의해서 살아갈 수 있는 것입니다. 키에르케고르는 그렇게 말했습니다. 참으로 옳은 말입니다. 우리들은 수많은 절망을 경험하지만, 그래도 나날의 생활은 수많은 새로운 가능성을 끊임없이 퍼올립니다.

그런데 자신에 대해서 절망하면 어떻게 될까요?

사람에게 있어서 자신의 삶은 하나의 '이야기'를 이룹니다. '자기'는 그 이야기의 주인공입니다. 이야기란 주인공이 있으며, 세계가 그를 둘러싼 여러 가지 일들의 연속으로 이루어져 있는 그런 이야기를 말하는데, 자신에게 절망하게 되면 우리들은 자신을 이야기의 주인공이라고 인정하지 못하게 됩니다. 주인공이 없는 이야기는 이야기일 수 없으며, 단순한 사실들의 연속이 되어 버립니다. 그리고 우리들에게 있어서 그러한 삶은 견디기 힘든 것입니다.

제아무리 악한 사람이라 할지라도 자신의 한구석에서는 반드시 자신을 '정당화'하는 법입니다. '악'은 단순한 규칙 위반이 아닙니다. '악'의 냄새가 나는 곳에는 반드시 이기적인 정당화가 존재합니다. 즉 악도 또한 반드시 어떤 불만을 토로하며 증오나 분노를 가지고 있습니다. 그리고 자신에게 단 한 조각의 정당성도 없다고 생각되는 때조차도, 악한 사람들은 이 세상은 결국 힘의 논리에 의해서 움직이는 것이라는 사실을 세상 사람들이 인정하지 않으려고 하는 것일 뿐이라는 등의 생각을 합니다.

자신을 조금도 정당화할 수 없는 '악'이라고 생각할 정도의 '악인'은 어디에도 없습니다. 자신을 조금도 정당화할 수 없다고 느끼게 되면 인간은 삶의 에너지를 잃어버리기 때문입니다. 시니시즘(염세)이나 니힐리즘(허무)은 인간이 자신의 정당성을 잃은 결과인데, 그것이 또한 정당화의 마지막 한 형태가 되는 경우도 있습니다.

'나는 나'라는 단순한 자기 동일성만으로는 그것을 '자기'의 본질이라고 말할 수 없습니다. 자신의 본성은 자신의 낭만화와 정당화입니다. 다시 말하자면 사람은 '나는 선한 나이며, 가치 있는 나'라고 느끼지 못하면 자기를 잃게 되며, 자신의 자유까지도 잃게 됩니다. 악인 조차도 자신의 낭만화와 정당화를 위한 방법을 강구할 정도이니, 자신에게 결점이 많다고 생각하는 사람이라 할지라도 은연중에 자신의 존재를 옹호하는 법입니다.

그렇다면 사람은 어떤 경우에 자기 자신에게 깊이 절망할까요?

우선, 어떤 이유로 인해 불합리할 정도로 자기 이상이 높아질 때입니다. 일반적으로 인간은 자기 이상을 목표로 '자기 자신'이고자 하는데, 자기 이상이 도달할 수 없을 정도로 높을수록 실제의 자신과 이 높은 이상 사이에서 분열을 하게 됩니다. 즉 '불행의 의식'에 빠지는 것입니다.

이 이상이 자신의 과도한 자부심이나 자존심에서 나온 것이라면, 그것은 자기 자신에 의한 것이기 때문에 자신의 이상을 수정할 수밖에 없습니다. 그런데 이 지나치게 높은 이상이 주위 사람들(부모나 세상 사람들)의 기대를 무의식중에 받아들이며 생겨나는 경우도 있습니다. 이런 경우에는 자기 이상의 불합리성을 스스로는 좀처럼 의식하지 못합니다. 그것이 암묵의 '명령'이 되어 있기 때문입니다. 자신의 자존심 때문에 높은 자기 이상을 만들어 낸 경우에는 이것을 자각하기만 하면 수정할 수 있습니다. 하지만 암묵의 '명령'에 억눌려 있을 때는 이것을 수정하려고 하면 죄악감이 작용하기 때문에 자각하는 것 자체가 어렵습니다.

중요한 것은 자기 자신에 대한 절망이 보통 자신의 능력이나 객관적 조건이 떨어지는 데서 오는 것처럼 보이지만, 결코 그렇지 않다는 사실입니다. 오히려 자신의 이상이나 낭만을 제대로 의식하고 그에 대해서 적절히 대처하지 못할 때, 자기 자신과 원만한 관계를 맺지 못하게 되어 절망감을 품게 되는 법입니다.

서서히 낭만성을 썩혀 가면서 자신에게 절망한다

자기 자신에 대한 절망이란 자신이 세상의 주인공이라는 뿌리 깊은 감각을 잃고 삶이 단순한 사실이 되어버려 잃어버린 낭만성과 정당성 때문에 스스로 괴로워하는 것을 말합니다. 그것이 우울증이나 대인 기피증과 같은 현상으로 나타나는 경우도 있습니다.

하지만 사실은 이러한 극단적인 자기 상실의 증상들이 문제가 되는 것은 아닙니다. 중요한 것은 오히려, 앞서 말한 것처럼, 우리들의 '자기'가 나이를 먹어 감에 따라서 조금씩 자기 자신에 대한 절망감을 쌓아 간다는 사실입니다. 그리고 자신도 모르는 사이에 자신과 세상과 세계에 침을 뱉으며, 자신 속의 낭만성을 썩히고 있다는 점입니다.

어느 순간, 우리들은 문득 자신의 그런 표정을 거울을 통해서 들여다보고 깜짝 놀랄 때가 있습니다. 그것이 자기 자신에 대한 절망의 이미지인 것입니다.

르상티망

규칙을 익히기 위한 원천

'원망, 괴로움에 의지하는 것.'

—니체 『차라투스트라는 이렇게 말했다』

부당한 대우에 큰 상처를 받았다.

그리고 원망했다.

그 부당함을 규탄하는 것만이

내 인생 최대의 목표였다.

상대방을 원망하고 질투하는
르상티망은 커다란 에로스

　예를 들어서 마음에 들지 않는 상사나 동료, 친구가
있다고 합시다. 당신은 언제나 그(그녀)의 말, 행동이 적
절하지 않거나 불합리하다고 생각합니다. 혹은 그가 언
제나 당신을 눈에 가시처럼 생각하며 심술을 부리거나
억지를 부린다고 생각합니다. 당신은 그것을 부당하고
불합리하다고 강하게 생각하고 있습니다.

　뭐 저런 녀석이 다 있어? 저런 녀석은 용서할 수 없
다. 내가 이런 마음을 품는 것도 다 저 녀석 때문으로,
나는 원래 올바른 성격을 가진 인간이다. 저 녀석 말대
로 된다면 이건 세상이 잘못돼도 한참 잘못된 거다. 저
런 녀석이 한가롭게 살아가고 있다는 사실 자체가 잘못
된 거다. 이렇게 된 이상 오기로라도 녀석이 하는 일에
반대해 주겠다. 무슨 일이 있어도 녀석이 잘못됐다는 것
을 알게 해주겠어……

　이것들이 르상티망이라는 심정의 모델입니다. 우리들
은 일이 제대로 풀리지 않는 현실에 부딪히거나 타인과

의 관계가 자기 생각대로 되지 않을 때, 우선은 르상티
망이라는 처방에 의존하게 됩니다.

괴로울 때는 우선 르상티망. 이것이 인간 마음의 대원
칙. 어째서일까요? 그것은 르상티망을 품는 일 자체가
커다란 에로스기 때문입니다.

이런 말이 있습니다. '사랑할 수 없다면 그대로 지나
쳐라.'

매우 함축적인 이 말은 니체의 『차라투스트라는 이렇
게 말했다』 제3부 「통과」라는 장에 나오는 말입니다. 재
미있는 장면이기 때문에 소개를 해보도록 하겠습니다.

현자(賢者) 차라투스트라는 '신의 죽음'이나 '초인(超
人)' 사상을 사람들에게 이야기하며 순례를 하던 중에
한 번은 커다란 도시에서 자신의 흉내를 내며 사상을 이
야기하고 있는 어리석은 사람을 만납니다. 어리석은 사
람은 열을 올리며 다음과 같이 말합니다.

"차라투스트라여, 이곳 사람들은 모두 고여 썩어 있습
니다. 어디를 가나 언어의 유희가 있을 뿐, 그럴 듯한 말
을 하고 있는 사람들도 변변치 못한 속물들뿐입니다. 고
귀한 뜻과 정신을 가진 사람은 단 한 사람도 없습니다.

여기는 모든 일락(逸樂)과 악덕의 도가니로, 제대로 된 사람은 살고 있지 않습니다. 늘 당신이 이야기하고 있는 것 그대로입니다. 부끄러움을 모르는 사람들, 자신을 뽐내려는 사람, 그저 목소리만 큰 사람, 자기밖에 모르는 야심가들, 그런 사람들만이 잘난 척 함부로 설쳐대고 있습니다. 그것이 이곳의 모습입니다. 이런 도회에 살고 있는 녀석들은 훌륭한 사상에 어울리지 않으니, 이런 곳은 한시라도 빨리 포기를 하는 게 좋을 겁니다."

차라투스트라는 그의 말을 끊고 다음과 같이 말했다.

"이젠 그만하게. 더 이상 자네 말을 들어줄 수가 없군. 자네는 자네의 비판은 한치의 어긋남도 없이 옳은 것이며, 세상 사람들은 아주 추한 것이라는 말을 하고 싶은 거지? 그러니까 자신의 분노를 결백하고 고귀한 분노라고 생각하고 있다는 거지? 내 자네에게 충고 하나 하겠네. 언제까지고 증오와 '르상티망'을 양식 삼아서 살아가는 짓은 그만두도록 하게. 자네의 의분(義憤)이 거기서 나오는 것이라는 사실을 깨닫기 바라네.

나의 사상은 그것과는 달리, 인간의 삶에 대한 사랑에서 나오는 것이지. 자네의 정의는 원망과 복수심에서 나오고 있네. 그리고 그것을 싸구려 향수의 냄새처럼 주위에 흩뿌리고 있어. 그렇기 때문에 자네의 말에 일리가 있는 경우라 할지라도 그것으로 누구도 설득하지 못하고 새로운 반감만 사게 되어, 결국에는 자신을 망쳐 버리는 결과를 초래하게 된다네. 왜 그 사실을 모르는 거지? 그래 나는 이 도시를 떠날 걸세. 하지만 떠나기 전에 자네에게 한 가지 말을 가르쳐 주겠네. '사랑할 수 없다면 그대로 지나쳐라.' 이 말을 잘 명심해 두게나."

자신의 입장이 불리해지면 상대가 악해 보인다

르상티망이라는 것은 참으로 무시무시합니다. 그것은 인간 세계에 있는 모든 것들을 해치는 판도라의 상자입니다.

여기서 다시 한 번 앞으로 돌아가서, 어떤 경우에 타인과 원만한 관계를 맺지 못하는 것일까요? 인간 사회는 일종의 규칙입니다. 그것이 가족이라 불리는 것이든, 학교든, 회사든 반드시 어떤 일정한 규칙이 성립되어 있습니다. 그 규칙에 따라서 '나'는 '타자'와 관계를 맺습니다. 가정이라면 각자의 역할 관계를 확실하게 수행함으로써 평가를 받게 됩니다. 학교에서는 좋은 성적을 올리거나 좋은 친구가 되면, 회사에서는 일을 잘 하거나 일정한 업적을 거두면 좋은 평가를 얻습니다. 이것이 사회라는 것의 기본 구성입니다.

타인과의 관계가 원만하지 않다는 것은 그 규칙 게임 속에서 '자아'가 충돌을 하고 있다는 뜻입니다. 무엇이 소중한 것인지, 무엇이 선한 것인지에 대한 생각이 조금씩 엇갈리고 있다는 뜻입니다.

당신은 역할 관계나 서로를 배려하는 마음이 중요하다고 생각하고 있는데, 동료는 어쨌든 일에서 성적을 거두는 것만이 중요하다고 생각하고 있을지도 모릅니다. 즉 '좋고 나쁨'에 대한 감각이 다른 것입니다. 또한 자녀는 부모님이 아이들의 입장을 좀 더 이해해 줬으면 좋겠다고 생각하고 있는데 반해서, 부모님은 아이들이 부모의 고충을 조금도 모르고 있다고 생각하기 때문에 마찰이 생겨날 수도 있습니다.

사람은 자신이 불리한 입장에 서게 되었다고 느끼면, 서로의 규칙에 대한 감각에 차이가 있으며 상대가 유리한 입장에 서 있는 것이라고는 생각하지 않고, 우선은 상대가 잘못됐다, 부당하다, 불합리하다고 생각하려 드는 법입니다. 이런 생각은 자기 입장의 괴로움과 억울함을, 약한 입장에 있는 자신이 '옳고', 강한 입장에 있는 상대는 '그른' 존재라는 형태로 바꿔 만들어 내는 편리한 마술입니다.

물론 때로는 객관적으로 봐서도 그렇다고 말할 수 있는 경우가 있습니다. 하지만 그렇지 않은 경우에도 사람들은 대부분 자신은 '옳고', 상대는 '그르다'고 생각하려 합니다.

르상티망은 자신이 불리한 입장, 약한 입장에 빠졌을 때 활동을 시작합니다. 그것은 그런 입장에 있는 자신의 고통이나 굴욕, 비참함을 부당한 것에 대한 분노(때로는 의분)로 바꿔 '자아'를 지탱해 주기 때문입니다. 자아에게 그것은 커다란 에너지가 됩니다. 언제나 상대는 부당하며 비난받아 마땅하고, 나의 화나 분노는 정당하다는 사실의 확인이 반복되기 때문입니다.

모든 악은 르상티망에 의해서 생겨난다

르상티망이란 인간에게 있어서 가장 근본적인 관계 감정입니다. 인간은 인간관계 속에서 살아가고 있으며, 이 관계에서의 좌절(=원만하지 못함)은 무엇보다도 먼저 르상티망에 의해서 보수됩니다. 따라서 르상티망은 여러 가지 문제를 인간에게 가져다 줍니다. 모든 '악'은 르상티망에 그 연원을 두고 있다고 말을 해도 좋을 것입니다. 르상티망, 즉 원망과 반감, 질투는 상대방의 부당함을 최대한으로 부각시킴으로써 자신을 정당화시키려고 하는 심성입니다. 또한 그렇게 함으로써 분노의 에로스와 삶의 에너지까지도 확보합니다.

차라투스트라가 만난 어리석은 자는 타인들의 '잘못'과 '어리석음'을 의분으로 바꿈으로써 '옳은' 자신의 상을 붙들고 있는 것입니다. 상대의 '부당성'이나 '추함'을 공격하고 비판함으로써 그 분노의 에로스를 삶의 양식으로 삼고 있는 것입니다.

따라서 차라투스트라라면 이렇게 말할 것입니다.

"그렇다네. 어쩌면 자네 말대로 그들은 어리석고 부당할지도 모르지. 하지만 그게 자네와 대체 무슨 상관이 있단 말인가? 그들은 그들 나름대로의 생각을 가지고 그렇게 행동하는 것이니, 그들을 제멋대로 하게 내버려 두게. 그들에게 언제나 선하고, 언제나 옳을 것을 요구할 권리를 자네는 도대체 어디서 받아왔는가? 그런 권리는 그 누구도 가지고 있지 않다네. 그들은 사회라는 게임을 잘 수행하고 있는 사람들에 불과하다네. 만약 자네가 그들 입장에 서게 된다면, 자네라고 그들처럼 하지 않으리라는 보장이 어디 있겠는가?

다시 말해서 자네는 그들 속에서 '추함', '부당함'을 찾아내어, 그것을 자신 속의 성난 돼지에게 먹이로 주고 있는 것에 불과한 것이라네. 그렇게 함으로써 자네가 대체 무슨 일을 하고 있는 건지 한 번 생각해 보게. 자네는 불만과 분노와 복수심이라는 더러운 우리에 들어앉아서 그것을 아름다운 정의의 전당인 양 생각하고, 자네 스스로는 결코 아무것도 하려 들지 않는 것이라네.

하지만 그것은 그 얼마나 어리석은 일인지. 자네는 좀 더 좋은 감정 속에서, 아름다운 것이나 즐거운 것, 타인과의 공감, 애정과 같은 감정의 관계 속에서 살아갈 수 있었을지도 모르네. 그런 것들과 자네 사이를 가로막고 있는 것은 아무것도 없을지 모르네. 그러나 자네는 저 어둡고 음침한 우리야말로 내가 살아가야 할 곳이라고 생각하고 그 속에 똬리를 틀고 앉아 있는 거라네. 이보다 더 어리석은 삶이 또 어디 있겠는가?

　이제 잘 알아들었겠지? 자네가 진짜로 멍청이가 아니라면, 언제나 깊이 명심해 두는 것이 좋을 걸세. '사랑할 수 없다면 그대로 지나쳐라'는 말을."

　제아무리 상대방이 불합리하고 잘못되었다고 생각되더라도, 사랑하지 못하는 경우에는 어떤 시험도 소용없는 짓입니다. 그 어떤 비판이나 논란으로도 상대를 설득할 수 없습니다. 당신 마음속에 이미 분노와 복수심이 둥지를 틀었기 때문. 그 어떤 시험도 결국에는 당신과 상대방의 르상티망을 자극하여, 그저 양쪽 모두의 삶을 망쳐 버리는 결과를 초래할 뿐입니다.

어리석은 사람과
현명한 사람 <small>어리석으면 안 되는가?</small>

'인간은 누구나, 보잘것없는 자신보다 뛰어난 사람들이 있지만, 대부분의 사람은 자신보다 떨어지는 존재라고 믿고 있다.'

—홉스 『리바이어던』

'현명한 사람은 원인에 대해서 토의하고 어리석은 사람은 원인을 채결한다.'

—아나카르시스 『단편(斷片)』

'학식이라는 것은 (중략) 참된 방법으로 사용된다면, 인간이 얻은 것 중 가장 고귀하고 강력한 획득물이다. 하지만 (중략) 내가 살아 있는 시대에서 학문은 지갑을 든든하게는 해줄지언정 영혼을 튼튼하게 해주는 일은 매우 드물다.'

—몽테뉴 『수상록』

여러 종류의 사람을 만났다.

친절한 사람, 머리가 좋은 사람, 심술궂은 사람, 소심한 사람.

하지만 어리석은 사람도 의외로 많았다.

그중에서도 자신이

어리석다는 사실을

알지 못하는 사람이

역시 가장 어리석었다.

현명한 사람과 어리석은 사람

'인간은 누구나, 보잘것없는 자신보다 뛰어난 사람들이 있지만, 대부분의 사람들은 자신보다 떨어지는 존재라고 믿고 있다.'

— 흡스 『리바이어던』

 # 어리석은 인간에서
탈출할 수 있을까?

텔레비전의 토론 방송을 보면, 그렇게 똑똑해 보이지도 않는 사람들이 자신들에게는 절실하지도 않은 문제에 대해서 아주 커다란 사건인 양 왈가왈부 떠들어 대는 모습을 볼 수 있습니다. 하지만 그것은, 나는 그래도 조금은 제대로 된 인간이라는 느낌을 은연중에 부여해 주는 장치일지도 모릅니다. 총리가 어땠다거나, 어떤 국회의원은 연금을 내지 않았다는 등의 '정치 얘기'도 또한 우리들에게 '나는 그렇게 멍청하지 않다'는 느낌을 부여해 줍니다. 그것이 정치에 대한 공론의 에로스입니다.

한편, 처음부터 정말로 현명한 사람은 극히 예외적으

182

로밖에 존재하지 않습니다. 그런 의미에서 대다수의 일반인들은 '어리석은 존재'라고 말할 수도 있습니다. 나약함이나 불안, 호기심과 같은 것에서 완전히 자유로울 수 있는 사람은 한 사람도 없기 때문입니다.

인간이 현명한 존재여야 한다고 생각하는 것은 오히려 좋은 생각이 아닙니다. 누구도 그렇게 현명하지는 않습니다. 인간 사회는 그런 평범한 인간들의 모임이라는 사실을 전제로, 인간의 어리석음에서 유래하는 '모든 이들의 모든 이들에 대한 투쟁'은 어떤 조건에서 줄여 나갈 수 있을지? 그런 식으로 홉스는 『리바이어던』속에서 생각했습니다.

홉스의 『리바이어던』은 처음으로 출현한 근대 정치 원리에 대한 명저입니다. 인간이 먼 옛날부터 계속해 왔던 전쟁 상태를 조금씩 줄여 나가기 위한 조건을 논리적으로 추궁하여, 명확한 원리로 기술해 놓았습니다.

홉스의 글을 읽어 보면, 참으로 해박한 철학자라는 사실을 알 수 있습니다. 인간을 어리석은 자로 묘사하는 것은 새타이어적(풍자적) 비평에서 상투적으로 쓰이는 방법인데, 때로는 글 쓰는 사람이 자신만은 어리석음에서 벗어났다고 생각하고 있다는 느낌을 주는 경우가 있습니다. 홉스는, 인간은 때로는 어리석은 면을 보이지만, 거기에는 그럴 만한 이유가 있다는 생각을 가지고 있었습니다.

처음에 인용한 말을 다른 말로 바꿔 보자면 '세상 사람 중 80%가 자신은 세상의 80%를 차지하고 있는 사람들보다 뛰어나다고 은연중에 생각하고 있다'는 말이 될지도 모르겠습니다.

정치에 대한 뒷이야기만큼 사람을 즐겁게 해주는 것도 없습니다. 정치에 대한 뒷이야기 속에서 정치가는 대체로 무능하고 자신의 이권과 이름을 파는 것밖에 모르는 변변치 못한 인간들입니다. 그리고 자신들은 그런 사람들과는 다르다고 모든 사람들이 생각할 수 있습니다. 그리고 이런 감각은 그 사실을 잘 알고 있는 나는 세상의 80%를 차지하고 있는 사람들보다는 현명하다는, 근거 없는 자신감을 우리들에게 심어 줍니다. 하지만 바로 그것이 하나의 어리석음입니다.

'나는 그다지 현명하지도 않으며, 내 자신이 무엇보다도 중요하기 때문에 때로는 어리석은 짓도 한다. 하지만 그것은 남에게 심하게 피해를 주지 않는 한, 그다지 비난받을 만한 일도 아니다(그렇지만 정치가는 프로로서의

책임이 있기 때문에 그들의 잘못된 행위가 비난을 받는 것 자체는 당연한 일이다).'

오히려 이렇게 생각을 해야 인간이 조금은 총명해지는 것이라고 생각됩니다.

위선과 의분

'현명한 사람은 원인에 대해서 토의하고, 어리석은 사람은 원인을 채결한다.'

_아나카르시스 『단편(斷片)』

'나는 언제나 옳다'는 생각을 강요하는 에고이즘

사람은 왜 화를 내는 것일까요? 그것은 누군가를, 혹은 무엇인가를 '부당'하다고 생각하기 때문입니다. 그렇다면 왜 쉽게 다른 사람을 '부당'하다고 생각하는 것일까요? 인간은 이래야 한다는 올바름에 대한 '자기 규칙'이 자신도 모르는 사이에 형성되어 있기 때문입니다. 따라서 자신의 옳음에 대한 규칙을 자신에게 적용하는 것 이상으로 타인에게도 강요하려고 하는 사람일수록

화를 잘 냅니다. 다시 말하자면 그런 사람은 자신에게는 관대하고, 남에게는 엄격한 사람입니다.

그런 이유로 의분을 느끼는 것, 타인을 벌하고 싶다는 심성에는 여러 가지 심리적인 측면이 있습니다. 첫 번째로 의분은 부당한 것에 대한 이의 신청, 강력한 '정의감'의 표현입니다. 하지만 두 번째로 그것은 '나는 옳다'는 자기 확인의 행위이기도 합니다.

또한 세 번째로 의분은 '내가 옳은 인간이라는 사실'을 주위 사람들에게 알리려는 표현 행위이기도 합니다. 그리고 마지막으로 의분은 자신을 선악에 대한 권위자로 만들려고 하는 은연중의 행동이기도 합니다.

니체와 같이 예민한 심리학자의 입장에서 보자면 쉽게 화를 내는 사람, 특히 의분을 느끼는 사람은 어리석기도 하고, 위험하기도 한 사람입니다. 그렇기 때문에 니체는 이렇게 말했습니다.

'제아무리 악인이 해악을 준다 하더라도 선인이 주는 해악만큼 더 큰 해악도 없다.'

_『차라투스트라는 이렇게 말했다』

기본적으로 '악'은 나약함에서 옵니다. 자신의 '나쁜 점'을 자기 스스로 속여서 정당화해 버리는 것이 '악'의 기본 심성이기 때문입니다. 그런데 자신을 '선인'(즉 '옳은 인간')이라고 생각하고자 하는 사람들은 더욱 사정이 좋질 않습니다. 거기에는 이유가 있습니다.

일반적으로 대부분의 사람들은 자신 속에 다소간은 장점도 있고, 약점도 있다고 생각합니다. 그렇기 때문에 자신을 매우 '옳은 인간'이라고 생각하는 사람은 거의 없습니다. 따라서 어떤 외부의 커다란 '권위'가 자신을 받쳐 주고 있다고 느끼는 등의 경우에, 인간은 자신을 '옳은 인간'이라고 강하게 생각합니다. 예를 들어서 강력한 '신앙'이나 강력한 '사상'과 같은 커다란 '권위', 혹은 '강력한 아버지'와 같은 이미지들이 버팀목이 되어 주면, 인간은 '올바른' 내적 규칙을 강하게 품게 됩니다. 즉 외적 '권위'가 자신의 아이덴티티를 강화하고, 자신을 훌륭한 인간이라고 느끼도록 해주는 것입니다. 따라서 자기 속에 내적 불안을 품고 있는 사람에게는 강력한 '정의'에 대한 규칙을 자신 속에 품는 것이 이득이 되는 경우가 종종 있습니다.

우리들은 정직하고 자신의 감정을 바로 밖으로 드러

내 화를 내는 사람을 그렇게 멀리하지는 않습니다. 하지만 이유를 대 가며 언제나 훈계를 하려 드는 아버지나 상사, 교사는 그다지 좋아하지 않습니다. '나는 이것이 옳다고 생각한다'는 자기 규칙을 확실하게 가지고 있는 사람에게는 호감을 갖는 경우도 있습니다. 하지만 고집스럽게 '나는 옳다'는 점을 언제나 사람들에게 강요하려고 하는 사람에게서는 어딘지 모르게 어리석음을 느끼게 됩니다.

이 감각에는 이유가 있습니다. '옳음'을 이유로 사실은 자기 가치라는 이득을 추구는 것, 그것은 상당히 교묘한 자신의 에고이즘에 무감각한 에고이즘입니다. 그것은 말하자면 타인으로부터의 비판을 교묘하게 회피하는 에고이즘으로, 우리들은 자신의 경험을 통해서 그 사실의 교활함을 알게 모르게 감지하고 있는 것입니다.

교양 있는 척 하는 사람

'학식이라는 것은 (중략) 참된 방법으로 사용된다면, 인간이 얻은 것 중 가장 고귀하고 강력한 획득물이다. 하지만 (중략) 내가 살아 있는 시대에서, 학문은 지갑을 든든하게는 해줄지언정 영혼을 튼튼하게 해주는 일은

매우 드물다.'

—몽테뉴『수상록』

지적 스너브에
어른거리는 '교활함'

　지적인 것은 고급이며 지적인 것을 익히는 것이야말로 훌륭한 일이라는 생각에 빠져 있는 사람을 일반적으로 지적 스너브(속물)라고 합니다. 문학에서 스너브에 대한 비판은 언제나 매우 커다란 역할을 수행했습니다. 예를 들어서 다자이 오사무(太宰治)나 체호프 등이 그 대표적인 예입니다.

　한편, 몽테뉴는 프랑스 근대 인문주의의 흐름 속에 우뚝 솟아 있는 모럴리스트입니다. 당시는 한창 종교 전쟁 중이었고, 가톨릭의 정통 교리, 스콜라 철학자들이 전성기를 누리던 시대였습니다.

　근대 초기에 세계에 대한 커다란 지식은 대체로 학자, 즉 성직자 계급이 독점하고 있었습니다. 성경도 라틴 어로 기록되어 있어서 일반 사람들은 도저히 읽을 수 없었습니다. 따라서 일반 사람들은 기독교의 가르침을 그저 성직자들의 설교를 통해서만 들을 수 있었을 뿐이었습니다.

바로 그랬기 때문에 이 시대에는 세계의 전체가 어떻게 이루어져 있는지, 사회는 어떤 식으로 형성되어 있는지 등과 같은 학적(學的) 지식이 인간을 계몽하는 수단으로써 매우 중요하게 여겨졌습니다. 그것이 널리 퍼지면서 인간은 서서히 자신이 '자유'로운 존재라는 사실을 자각하게 되었습니다. 하지만 그런 시대에도 스콜라 철학의 학식은 지적 권위의 아성이었습니다. 세상의 '진리'에 대해서 굉장히 어려운 말들을 늘어놓으며 위세를 부려 매우 깊은 의미가 있는 것처럼 이야기하는 것이 교회나 국가 권위의 원천이었습니다. 몽테뉴는 프랑스 근대 문학의 한 원류(源流)이기도 한데, 그에게서는 인간이 일상적으로 사용하고 있는 부드러운 말도 잘난 척 권위를 부리는 말에 결코 뒤지지 않는 것이라는 정신을 엿볼 수 있습니다.

일례로 몽테뉴는 이런 말을 했습니다.

'햄을 먹으면 물을 마시고 싶어진다. 물을 마시면 갈

증이 해소된다. 따라서 햄은 갈증을 해소시켜 준다. 만약 젊은이가 이런 식으로 말을 한다면, 상대하지 않는 것이 현명하다.'

—『수상록』

이 젊은이는 지엽적인 이론의 사용에 완전히 빠져 있습니다. 오늘날 여러 가지 지식은 인간 생활을 위한 '도구'라는 생각이 널리 퍼져 있기 때문에, 학문은 '영혼'을 선하게 하기 위한 것이라고는 그 누구도 생각하고 있지 않습니다. 하지만 학문이나 지식은 세상에서 입신하기 위한 하나의 수단에 지나지 않는다는 생각 역시 어딘가 적절하지 않은 면이 있습니다.

근대 이후, 학문과 지식은 개개인을 억압에서 해방시켜 자유롭게 하고, 그 생활 조건을 개선케 하는 데 도움이 되었다는 생각이 계속해서 이어져 왔으며, 실제로도 그런 모습으로 살아왔습니다. 학식을 단순한 처세의 도구라는 생각도, 반대로 그것을 습득하는 것 자체가 대단한 일이라는 생각도 학식의 질을 떨어트리는 것입니다. 학문이나 지식 자체가 훌륭한 것이 아니고 스너브적으로 사용되는 경향이 있기 때문에, 학문이나 지식을 가능한 한 질이 좋은 것, 훌륭한 것으로 만들어 가려는 노력을 게을리 하지 않는 것이 학자나 사상가들의 임무인 것입니다.

한편, 인간은 누구나 속세에서 살아가기 때문에, 어떤 의미에서는 누구나 '속물'이 될 가능성이 있습니다. 나는 속물이 아니라며 거드름을 피울 필요는 없습니다. 하지만 지적 속물은 더욱 사정이 좋질 않습니다.

성공한 사람은 대체로, 인간이란 진심으로 노력하기만 하면 반드시 성공하는 법이라고 말합니다. 성공한 사람들의 말 중에는 이런 종류의 말들이 헤아릴 수도 없이 많습니다. 하지만 이 말이 진실이 아니라는 사실은 조금만 생각해 보면 금방 알 수 있습니다. 이것은 스너브적 사고의 한 표본입니다. 그래도 성공한 사람들 중에는 틀림없이 남들보다 더 노력을 한 사람들이 많기 때문에, 거기에는 그들 나름대로의 경험에서 오는 지혜가 담겨 있습니다.

그런데 지적 스너브의 속물 사고에는 약간의 '교활함'이 숨어 있습니다. 자기 스스로 사고를 하는 것과, 보고 배운 것을 그대로 되뇌는 것 사이에는 커다란 차이가 있습니다. 우리나라의 지적 스너브는 종종 '호랑이의 위세를 빌린 여우'라는 비유를 통해서 이야기되어지고는 하는데, 그 비유에는 그럴 만한 이유가 있습니다.

죽음에 대한 공포를
어떻게 대할 것인가?

죽으면 어떻게 되는가?는 아무도 모른다.

'죽음에 대한 공포는 해결되지 않은 삶의 모순된 의식
에 지나지 않는다.'

_톨스토이 『인생론』

언제나 죽기 싫다고 생각하면서도,

'아, 행복하다'고 느낄 때는

'이대로 죽어도 좋다!'고 생각해 버린다.

그래도 역시 죽기는 두려웠다.

인간에게 있어서 죽음은 행복을 저해하는 두려운 존재

톨스토이는 말년에, 그 이전까지 만들어 냈던 자신의 예술을 전부 부정하고 인생의 의미에 대해서 좀 더 간단하고 명료한 말로 사람들에게 이야기하고 싶다고 생각했습니다. 수필 『인생론』이나 소설 『이반 일리치의 죽음』 등은 그 대표작입니다.

『인생론』에서 그는 인간의 행복한 삶을 앗아 가는 커다란 원인을 세 가지 들었습니다.

첫 번째는 인간들 간의 치열한 생존 경쟁. 두 번째는 겉모습뿐인 향락을 추구하는 데서 오는 소모와 고통. 마지막으로 죽음에 대한 공포와 불안.

간단한 듯하지만, 매우 뛰어난 생각입니다. 우리들은 불안과 고통(에 대한 두려움) 없이 편안하게 지낼 때, 또는 어떤 가능성의 힘에 이끌려 그것을 목표로 삼을 때, 혹은 무엇인가에 열중할 때 삶을 자연스럽게 긍정합니다. 삶의 '행복'은 삶의 목표라는 것과 연결되어 있기 때문에 불안이 없는 상태만으로는 행복하다고 말할 수 없지만, 그래도 삶의 고통으로부터는 해방되어 있는 것입니다.

그런데 인간은 '자아'적 생물이기 때문에 쾌락과 괴로움은 모두 '자아'와 관계가 있습니다. 생존 경쟁의 괴로움이라고 했지만, 선진국에 살고 있는 우리들에게는 사회에서 탈락하여 '자기'가 사회적 낙오자라고 보여지는 것 등에서 오는 괴로움만 있을 뿐, 실제로 생존 불가능한 것은 아닙니다. 대부분의 괴로움은 자신도 남들처럼 욕망을 향수하고 싶다고 생각하는 마음이나, 보다 좋은 상태에 있는 인간에 대한 질투심에서 발생하는 것으로, '자아'에 의한 괴로움입니다. '죽음'에 대한 불안과 두려움 역시 마찬가지입니다.

인간은 자아적 생물이기 때문에, '죽음'을 삶의 행복을 저해하는 두려운 존재로 인식하는 것입니다. 하지만 인간에게서 '죽음'에 대한 공포를 제거한다 해도 인간은 행복해지지 않습니다. 동물은 인간과 같은 죽음에 대한 공포를 가지고 있지 않은데, 그렇다고 해서 동물이 행복한 것은 아닙니다.

철학적으로 '죽음'을 생각해 보면 여러 가지 재미있는 것들이 많습니다.

인간만이 '죽음'에 대한 공포를 가지고 있습니다. 죽음은 '자아'의 소멸이기 때문에, 잠재적으로는 모든 사람들에게 있어서 커다란 문제입니다. 인류가 먼 옛날부터 '종교'를 만들어 낸 것은 '죽음에 대한 공포' 때문이라는 설도 있습니다. 하지만 생각하기에 따라서 '죽음'은 인간에게 있어서 반드시 나쁜 면만 있는 것은 아니라고도 말할 수 있습니다.

죽음에 대한 금지선은 에로스에 대한 금지선과 동일

바타유라는 프랑스의 사상가는 다음과 같은 매우 흥미로운 생각을 했습니다.

'인간의 성욕은 단순한 성욕이 아니다. 그것은 단순한 성충동이 아니라 '에로티시즘'적 욕망이라고 말해야 할 것이다. 에로티시즘적 욕망은 부끄럽고, 이상하고, 가슴 설레는 성적 에로스다. 동물에게는 에로티시즘적 욕망이 없다. 어째서 인간만이 그러한 신비한 욕망을 가지고 있는 걸까? 그것은 인간만이 '죽음'에 대한 공포를

강하게 품고 있기 때문이다.'

조금 복잡해졌지만, 바타유의 '죽음'에 대한 철학적 사상에 대해서 조금 더 부연해 보도록 하겠습니다.

인간에게 있어서 '죽음'은 두려운 세계이며, 인간은 잠재적으로 거기에 금지선을 그어 놓았습니다. 이 금지선은 쾌락 원칙에 대한 금지선이기도 합니다. 현실 원칙을 무시하고 에로스 세계에 정신을 팔게 되면, 인간은 더 이상 살아갈 수가 없습니다. '죽음'의 영역에 다가가서는 안 된다는 이 금지선이 인간으로 하여금 계속해서 현실에 적응할 수 있도록 '자아'라는 갑옷을 입고 있게 하는 것입니다. 그런데 '에로티시즘'의 비밀은 그것이 현실 원칙에 봉사하는 '자아'라는 갑옷을 어느 한순간 벗어던지고, 삶에 대한 금지선을 환상적으로 넘어서려고 하는 행위라는 점에 있습니다.

예를 들어서 남자에게 있어서 여자의 '신체'(의 에로스)는 일상 세계의 에로스에 대한 '금지선' 중 가장 대표적인 것입니다. 인간의 섹스는 단순한 성욕의 충족이 아니라 일상적으로 금지되어 있는 에로스의 금지선을 비밀스럽게 넘어서는 것이며, 바로 그렇기 때문에 신비하고 가슴 설레는 독자적·환상적 쾌락이 되는 것입니다.

이것이 '에로티시즘'이란 무엇인가에 대한 바타유의
설입니다. 간단하게 말하자면 '죽음'에 대한 관념은 우
리들에게 단순히 '공포'나 '불안'만을 주는 것이 아니
라, 인간적인 에로스의 원천이 되기도 하는 것입니다.

'죽음'이란 무엇인가?
생각해 보아도 대답은 없다

　물론, 그렇게 생각해 본다고 해서 '죽음'이 견딜 만한
것이 되는 것은 아닙니다. 역시 '죽음'은 모든 사람들에
게 두렵고 싫은 것입니다. 그렇다면 앞서 든 톨스토이의
말은 우리들에게 무엇인가 좋은 생각을 가르쳐 주는 것
일까요? 그 말은 틀림없이 중요한 것을 가르쳐 주고 있
는 듯이 생각됩니다.

　우리들은 '죽음'이란 도대체 무엇인가에 대해서 여러
가지로 생각해 보려고 합니다. 임사 과학(臨死科學)이나
죽음의 세계에 대한 과학적 탐구와 같은 것도 있지만,
철학적 입장에서 보자면 그것은 먼 옛날부터 존재했던
여러 가지 '일시적 위안을 주는 설'의 변형으로, 엄밀하

게 말하자면 과학이라고는 말할 수 없습니다.

철학의 대답은 확실해서, '죽음'이란 누구도 체험할 수 없는 것으로, 그렇기 때문에 죽으면 어떻게 되는지 결코 그 누구도 말할 수 없다는 것이 첫 번째 결론입니다. '죽음'이란 무엇인가는 누구나 반드시 생각하지 않을 수 없는 것이지만, 첫 번째 결론에서 유추할 수 있듯, '죽으면 어떻게 되는가?'에 대해서 이래저래 생각해 보아야 쓸데없는 일이라는 것이 두 번째 결론입니다. 그리고 세 번째 결론은 그렇다면 차라리 죽음을 따라다니는 '불안'이나 '공포', '허무감'이 도대체 인간의 본질 어디에서 오는 것인지를 잘 생각해 보는 것이 좋다는 것입니다.

죽음이 가져다 주는 것보다는 죽음의 본질에 대해서 생각한다

톨스토이가 우리들에게 말하고자 하는 것은 '네 죽음에 대한 공포가 어디에서 오는가를 생각하여 잘 이해하면 죽음에 대한 문제의 절반은 해결된다'는 것으로, 이는 타당한 생각이라고 말하지 않을 수 없습니다.

그렇다면 우리들의 '죽음에 대한 불안과 공포'가 어디서 오는 것인지를 조금 더 생각해 보도록 합시다.

　우선 첫 번째로, 죽음의 세계의 영원한 시간의 길이와 어둠, 무(無)와 같은 시간·공간적인 이미지가 커다란 역할을 담당하고 있다는 사실을 알 수 있습니다. 끊임없이 계속되는 어둠과 무에 대한 이미지는 근대적인 '죽음'의 표상으로써는 일반적인 것이지만, 그런 이미지는 우리들이 마음대로 만들어 낸 것에 불과합니다. 영원이나 어둠과 같은 것들은 '죽음'과 무관한 것들입니다. 이 사실을 잘 이해하면 죽음에 대한 공포가 상당 부분 사라집니다.

　두 번째로, '죽음'의 세계에 따라붙게 마련인 '이계(異界, =두려운 세계)'라는 이미지가 있습니다. 이것도 인간이 만들어 낸 죽음의 세계에 대한 고유의 이미지인데, 여기에는 그럴 만한 이유가 있습니다. 우리들의 세계는 인간관계의 세계인데, 그 이면에는 언제나 '자기혐오', '자기 가치의 상실', '양심의 가책', '죄의식', '책임을 다하지 않았다는 불안' 등의 감정이 나타납니다. 그리고 이들 불쾌하고 괴로운 감정은 인간 정신의 본성에 의해서 무의식중에 '이계'라는 영역에 쌓이게 됩니다.

　옛날부터 '죽음'의 세계는 두려운 세계, 무시무시한

세계로 묘사되어 왔는데, 그것은 단순히 인간에게 도덕을 지키게 하기 위한 수단이 아닙니다. 인간은 자신의 삶을 그렇게 밝게는 살아가지 못하며, 오히려 언제나 이면의 감정을 품고 살아갑니다. 그리고 무의식적으로 그것으로 두려운 '이계'의 모습을 형성하기 때문에, 죽음의 세계를 두려운 세계라고 느끼게 되는 것입니다.

만년의 톨스토이는 특히 이상주의자로 살았는데, 그의 뜻은 다음과 같습니다.

죽음은 틀림없이 불안하고 두려운 것이다. 그렇기 때문에 자신의 삶이 떳떳하지 못한 것이 되지 않도록, 양심에 물어도 가책에 사로잡히지 않도록 올바른 마음으로 살아가도록 하라. 그렇게 하면 죽음의 세계에 대한 두려움이 줄어들 것이다.'

그의 말은 올바르게 살면 죽음에 대한 불안에서 구원을 받을 수 있다는 기독교 교리의 변주곡이라고도 할 수 있는데, 죽음 그 자체의 결과에 대해서 생각하는 것은 무익한 것으로, 오히려 그 불안의 본질에 대해서 생각하려 했다는 점에서 철학적 발상과 공통되는 부분이 있다고 할 수 있겠습니다.

예술이란 무엇인가?

아름다운 것은 사람에게 있어서 에로스 그 자체

'우리들이 예술을 가지고 있는 것은, 우리들이 진리에
의해서 엉망이 되어 버리지 않으려 하기 때문이다.'

— 니체 『권력에의 의지』

아름다운 여자가 그려진 그림을 본 적이 있었다.

옆에 있던 사람이 '자극적으로 아름다운 그림이야'라고 말했다.

나는, 정말로 이 그림의 아름다움과 훌륭함을,

알고 있는가, 라는 생각이 들었다.

인간의 자연스러운 모습을 부정한 기독교

니체는 또한 이런 식으로도 말했습니다.

'진리'와 '미'를 하나로 간주하는 철학자는 '때려눕혀야 한다.'
— 『권력에의 의지』

여기서 니체가 때려눕혀야 한다고 말한 철학자는 '진·선·미'의 이데아를 주장했던 플라톤을 일컫는 것입니다.

니체 철학의 첫 번째 주장은, 기독교의 가르침은 오랜 역사를 통해서 유럽 사람들의 이상형이었지만, 사실 그 본질은 약자의 르상티망과 거기서 온 니힐리즘이라는 것입니다. 왜냐하면 기독교적 가르침의 중심은 '이타적 사랑'이야말로 인간의 본질, '금욕주의'야말로 인간의 이상적인 생활 방식, 저 세상에야말로 인간의 참된 삶이 있다는 현세 부정의 가르침이기 때문이라는 것입니다.

자연스러운 생각으로는 인간의 이상은 그런 것이 될 리가 없습니다. 인간은 누구나 자신, 자신의 가족, 친형

제, 친구가 가장 중요하며, 거기에 여유가 있어야만 비로소 타인을 동정하거나 도울 수 있는 것입니다. 즉 자기애가 우선, 그 다음이 이타적인 사랑이라는 것이 만고불변의 자연스러운 순서입니다. 그럼에도 불구하고 기독교의 도덕은 이것을 완전히 뒤바꿔 놓았습니다.

기독교는 유대교라는 피지배 민족의 종교에서 발생한 것으로, 강자에 대한 원한(르상티망)으로 인해서 자연스러운 인간의 모습을 부정하고 그 반대의 모습이야말로 인간의 '참된 모습'이라고 강변하고 있습니다. 니체는 이렇게 말했습니다.

틀림없이 '금욕주의'도 이와 마찬가지입니다. 인간은 누구나 태어난 이상 한껏 즐기며 살고 싶다고 생각합니다. 아이들을 보고 있으면 인간은 원래 사심 없이 즐겁게 놀기 위해서 태어난 존재라는 느낌을 받습니다. 하지만 인간 생활의 조건은 엄격합니다. 그저 놀고만 있을 수 없으며, 생존 경쟁도 가혹합니다. '이것도 하고 싶다', '저것도 하고 싶다'는 욕망을 제어하는 기술을 갖고 있지 못하면, 언젠가는 자멸의 길로 접어들게 됩니다. 그런 의미에서 극도의 쾌락주의는 바보들의 쾌락주의입니다.

따라서 아무래도 '금욕주의'가 필요해지게 됩니다.

금욕주의는 인간들이 치열한 경쟁을 하지 않고 나름대로 살아가는 데 있어서 매우 중요한 장치입니다. 즉 즐겁게 살고 싶지만, 우선은 인간 삶의 본질을 조정하기 위한 수단으로써 금욕주의가 존재합니다. 이것도 또한 만고불변의 자연스러운 이치입니다.

하지만 니체는 기도교의 도덕이 이것을 완전히 뒤바꿔 놓았다고 생각했습니다. 모든 욕망은 악이다. 욕망을 버리고 '올바른 것'을 위해서 살아가는 것이 가장 이상적인 인간의 삶의 방식이다. 이런 생각은 자연스러운 순서를 뒤집어 놓은 것이라고 니체는 말하고 있습니다.

인간의 진리란 환희와 에로스를 맛보는 것

한편, 유럽에서는 기독교를 대신할 새로운 인간 사상으로써 근대 철학이 출현했습니다. 이에 대해서도 니체는 불만을 토로합니다. 모두가 함께 '신을 죽였으니', 이제 위와 같은 뒤바뀐 인간의 이상은 끝이 날 것이라고 생각했는데, 그렇게 되질 않았습니다. 근대 철학이 만들어 낸 인간의 이상이란 이른바 '윤리', '도덕', '양심'. 이게 어찌 된 일인가? 이것들은 기독교적 도덕과 조금도 다를 바가 없지 않은가? 니체는 이렇게 말했습니다.

니체는 근대 철학에 상당히 실망한 듯, 이것을 철저하게 매도했습니다. 이런 식입니다.

진리, 진리, 진리. 세계의 진리란 무엇인가? 올바른 인식이란 무엇인가? 삶의 의미란 무엇인가? 올바른 삶이란 무엇인가? 근대 철학은 이렇게 묻는다. 인간의 '진리'란 무엇인가? 에잇! 귀찮다. 이런 게 도대체 무슨 철학이란 말인가? 이런 말들에 수많은 성실하기 짝이 없는 젊은이들이 속아 온 것이다. 오랫동안 유럽을 지배해 왔던 '인간의 진리'에 대한 탐구의 열을 식혀 보면, 사실은 단순하기 그지없다. 인간 삶의 본질은 환희를 얻는 것, 삶의 에로스를 음미하며 살아가는 것이다. 특별한 의미와 진리와 신은 어디에도 존재하지 않는다. 물론 모든 사람들이 무턱대고 자신의 에로스를 추구한다면, 세상은 지독한 경쟁으로 가득 찬 곳이 될 것이다. 바로 그렇기 때문에 이를 잘 조정해 줄 장치가 필요한 것일 뿐이다. 그것이 '윤리'와 '도덕'이라는 것인데, 그

런 안전 장치에 지나지 않는 것들을 유럽에서는 너무나
도 오랜 기간 동안 인간의 이상, 인간의 진리로써 야단
스레 숭배해 왔던 것이다.

그럼 여기서 다시 처음 질문으로 돌아가겠습니다.
'예술'은 왜 존재하는 것일까?

'윤리, 도덕, 양심, 바르게 사는 것, 진리를 추구하며
사는 것. 그것이야말로 인간의 삶의 방식이다. 인간은
당연히 그렇게 살아야만 한다'고 진리의 대변자들은 말
해 왔습니다. 하지만 예술은, 즉 아름다운 음악이나 그
림, 뛰어난 문학은 이래저래 잘난 척 말들을 늘어놓지는
않지만, 인간 삶의 가장 중요한 본질이 무엇인가를 우리
들의 심장에 직접적으로 전달해 줍니다. 우리들의 삶이
에로스의 향수를 진심으로 추구하고 있다는 사실을 불
안과 꺼림칙한 양심으로 굳어진 이성이 아닌, 감성과 육
체에 직접적으로 이야기해 줍니다.

그렇게 함으로써 예술은 저 대변자들의 '진리'에 의
해서 우리들의 삶이 엉망이 되어 버리는 것을 막아 주는
가장 강력한 수호자가 되는 것입니다. 이것이 이 문제에
대한 니체의 답변입니다.

정치에 대한
공론의 즐거움
자신과 사회를 연결시켜 주는 것

'때로 가장 이상적인 사상은 가장 취약한 사상이다.'

— 다케다 세이지(竹田青嗣)

나와 아내, 친구 들과 함께 정치 부패에 대해서

논의한 적이 있었다.

친구는 내 의견이 엉터리라고 말했으며,

나는 아내의 의견을 일방적이라고 생각했고,

아내는 친구의 의견을 현실성이 없는 것이라고 말했다.

다양한 의견, 취미를
가질 수 있다는 것의 의미

'정치에 대한 공론'이라는 말만큼 정치의 번거로움을 잘 나타내 주는 말도 없습니다.

우리들은 보통 음악에 대한 각자의 기호나 의견을 가지고 있습니다. 야구나 축구에 대해서도 마찬가지이며, 배우나 영화 감독, 작가 등 그 외의 여러 가지 것들에 대해 자기 나름대로의 의견이라는 것을 가지고 있습니다. 이것은 당연한 일이며, 또한 바람직한 일이기도 합니다. 여러 가지 것들에 대한 여러 가지 의견이나 기호가 있다는 것이 현대 사회에서는 매우 중요한 일입니다.

신분 질서가 절대적이었던 옛날 사회에서 여러 가지 의견이 있다는 사실은 매우 위험한 일이었습니다. 예를 들어서 유럽에서 종교는 기독교 하나뿐이었습니다. 세계관이 다르다는 것은 매우 위험한 것이었습니다. 모든 사람들이 무엇인가에 속해 있었으며, 무엇인가에 종속되어 있었기 때문입니다.

신하가 임금과 다른 종교를 가지고 있다거나, 노예가 주인과 다른 세계관을 가지고 있다는 것은 있을 수 없는 일이었습니다. 세계에 대한 의견은 물처럼 당연히 위에서 아래로 흘러내리는 것이라고 여겨지고 있었습니다. 세계가 안정된 질서를 유지하기 위해서 이는 무엇보다도 중요한 요건이었습니다.

하지만 근대 사회에서는 그렇지가 않습니다. 근대 사회에서는 모든 사람들이 다양한 의견, 즉 취미나 기호를 가집니다. 애초부터 생활 양식이 전혀 다른 사람들이 학교에 모여서 교육을 받는 것이니, 모두의 감성이나 미의식, 윤리 감각은 당연히 다를 수밖에 없습니다. 근대 사회에는 음악, 문학, 그림, 영화, 만화 등 그 외에도 여러 가지 문화라는 것이 있어서, 대체로 철이 들기 시작한 젊은이들은 그 다양한 세계에 이끌려 열중하게 됩니다. 따라서 개개인이 각자 자신만의 의견, 취미, 기호를 갖게 되며, 의견의 차이나 충돌도 일어나게 됩니다. 바로 그래야만 하는 것입니다.

취미 · 기호를 통해서
서로 자신을 표현한다

거기서 일어나는 현상은 개개인이 자기 나름대로의 의견이나 취미, 기호를 통해서 자신이라는 것을 한 사람의 '인간', '인격'으로서 표현한다는 것입니다. 또한 그것은 사람들이 그러한 세계를 통해서 서로 '선악', '미추', '진위'와 같은 인간적 가치를 자유롭고 공정한 방법으로 시험한다는 것이기도 합니다.

근대 이전의 사회에서 '진 · 선 · 미'의 가치는 초월적인 권위로써의 종교나 임금에 의해서 일률적으로 사람들에게 주어졌습니다. 근대 사회에서 '진 · 선 · 미'의 가치는 그런 초월적인 가치를 어디에도 가지고 있지 않습니다. 모든 사람들이 자기 나름대로의 '선악'과 '미추'에 대해서 이래저래 논의하고 서로 주장하는 것을 통해서 어느 틈엔가, 자신도 모르게 형성되는 방법으로 성립됩니다. 그 때문에 시대나 사회에 따라서 조금씩 생각의 차이를 보이기도 하는 것입니다.

따라서 근대 사회에서 여러 가지 의견, 여러 가지 가

치관이 교차하는 상태는 사회가 건전하다는 증거입니다. 반대로 독재적 · 전제적인 체제를 가진 국가에서 이것은 불온한 상태로 간주됩니다. 오히려 거기에서는 '진리', '미', '선'이 오직 '한 가지'인 상태를 바람직한 상태라고 생각합니다.

 정치에 대한 공론은 자신의 불만을 일반화하는 것

이런 의미에서는 '정치에 대한 공론'도 건전함의 증거라고 말할 수 있을지 모르겠습니다. 북한이나 이라크와 같은 독재 국가에서 '정치에 대한 공론'이란 있을 수 없는 일입니다. 그야말로 '죽음'을 각오하지 않는 한 자유로운 공론은 펼칠 수 없습니다. 그런데 일본과 같은 나라에서는 신문이나 텔레비전의 스포츠나 연예계 뉴스에도 뒤지지 않을 만큼 정치 논의, 정치 이야기가 커다란 인기를 끌고 있습니다. 그런데 정치에 대한 공론에는 항상 번거로움이 뒤따라 다닙니다.

주부 비행이 늘어나는 것은 선생님들이 변변찮기 때문이다. 선생님들이 좀 더 교육자로서의 입장을 생각해 주기 바란다.

선생님 요즘 학생들은 말을 전혀 듣지 않는다. 애초부터 가정 교육이 잘못되었기 때문이다. 그건 우리들 책임이 아니다.

교육 위원회 여유를 가지고 교육을 할 필요가 있다. 우리들은 개성과 자유를 기를 수 있는 교육을 목표로 삼고 있다.

지식인 무엇보다도 관리 교육이 좋지 않다. 일본의 교육 제도 자체에 문제가 있다. 정부가 잘못하고 있다.

학생 누구도 우리들 마음을 알아주지 못한다. 멍청이들.

정치에 대한 공론의 특징은 모든 사람들이 '자신의 입장과 경험'에서 나오는 불만을 일반화하여 주장한다는 점, 즉 '특수한 것을 보편적인 것이라 생각하고 주장한다'는 점입니다.

다시 한 번 말하지만, 근대 사회에서의 개개인은 여러 가지 생활 조건을 가지고 있습니다. 그것은 참으로 천차만별입니다. 따라서 의견이나 불만도 천차만별입니다.

그런데 정치 논의에 있어서 대부분의 사람들이 자신의 불만이야말로 가장 중요하고 보편적인 문제라고 강변하는 모습은 흔히 볼 수 있는 광경입니다. 다시 말하자면 '정치에 대한 공론'이란 수많은 장님들이 커다란 코끼리의 여러 부분을 더듬으며, 이것이 바로 '코끼리'라고 말하는 것과 비슷한 상황인 것입니다.

하지만 그것이 결정적으로 나쁜 것이라고 말하려는 것은 아닙니다. '정치에 대한 공론'을 좋아하는 사람들은 대체로 언변이 뛰어난 사람들인데, 그들은 자신의 의견이 자신이 대표하고 있는 일련의 불만을 가진 사람들에게 지지를 얻고 있다고 은연중에 생각하고 있습니다. 그런데 어떤 의미에서 그것은 사실이라고 할 수도 있습니다.

만약 세상에 일정한 비율로 말을 잘하는 정론가(政論家)들이 존재하지 않는다면, 세상에는 불만을 품고 있으면서도 그것을 표현하지 못하는 사람들이 수없이 존재하게 됩니다. 그런 의미에서 언변이 뛰어난 정론가들은 사회에 크게 공헌하고 있는 셈이라고도 말할 수 있습니다.

그런데 이처럼 언변이 뛰어난 사람들 중에는 쉽게 열

광하는 사람들이 많습니다. 자신은 수많은 사람들의 불만을 대표하고 있으며 그들의 이익을 대변하는 것이라는 사명감에 불타오른 나머지, 그는 자신의 불만이나 의견을 보편화할 뿐만 아니라 바로 거기에 고상하고 아름다운 정치적 진실이 있는 것이라고 생각합니다. 이런 이유로 열광적 보수주의자나 열광적 천황주의자, 열광적 구제 사상가, 열광적 변혁론자 등이 자신의 '정치 이념'을 높이 치켜세우려 드는 것입니다. '정치론'이라는 것은 그와 같이 눈에 띄는 정열의 소산인 경우가 많습니다.

불평 불만이 많다는 것은 자유로운 시민 사회라는 증거

한편, 아리스토텔레스는 정치에 대해서 '중용의 덕'을 주장했습니다. 그는 스승이었던 플라톤의 '철학자만이 왕(=통치자)이 되어야 한다'는 정치 논리를 지나치게 이상주의적인 것이라고 생각했습니다. 그리고 정치에 대해서 생각할 때는 특정한 이상적 상태를 기준으로 삼아서 생각해서는 안 된다고 말했습니다. 당시 그리스에도 정치에 대한 공론이 만연해 있었으며, 수많은 이상주의가 서로 경쟁하고 있었기 때문입니다. 아리스토텔레스는 균형 감각을 가진 철학자로, 매우 사려 깊은 생각을 했습니다. '정치의 본질이란, 혹은 본질적인 정치란 결국 여기저기에 늘어서 있는 열광적이고 신념에 넘친 '정치에 대한 공론'을 어떻게 조정하는가 하는 문제이다'라고 말했습니다. 고개를 끄덕이게 만드는 뛰어난 발상입니다.

그리스는 노예 제도를 전제로 삼고 있기는 했지만, 어쨌든 모든 시민을 자유로운 존재라고 서로 인정했던 사회였습니다. 그런 의미에서 그것은 근대 사회의 모델이라고 말할 수 있는 부분이 있습니다.

자유로운 사회에서 개개인은 다양하게 생활하고 있습니다. 그렇기 때문에 여러 가지 불만과 의견이 있습니다. 정치에 대한 공론은 그것들을 자유롭게 해방합니다. 그리고 여러 가지 의견이 완전히 해방된 이상, 이 의견들을 어떻게 잘 조정할 것인가 하는 기술이 필요해지게 됩니다. 이것이 '정치학'의 본질입니다. 그것이 아리스토텔레스의 생각입니다.

이상적인 정치는
존재하는가?

가만히 생각해 보면 아리스토텔레스의 정치 원리는
매우 간단합니다. 정치라고 하면 누구나 어떤 사회가 가
장 이상적인 사회의 모습인가를 먼저 생각합니다. 하지
만 그는 그런 생각을 출발점으로 삼지 않았습니다. 사회
가 자유로운 사회인 이상, 지금 존재하고 있는 사람들을
자유롭고 대등한 개인이라고 인정합니다. 따라서 한 사
람 한 사람의 이론이나 불만을 대등한 것이라고 생각하
기 때문에, 거기에는 이익의 불일치나 대립, 감정의 엇
갈림 등이 있습니다. 하지만 그런 엇갈림 속에서 수많은
사람들이, 이것이라면 납득하지 않을 수 없다고 생각되
는 새로운 조정점을 찾아냅니다. 그러면 기득권자는 그
것을 나름대로 존중하여 현행 제도를 전제로, 끊임없이
새로운 납득을 이끌어 내어 조금씩 사회를 개선해 나간
다는 생각입니다.

그렇게 말처럼 잘될 리가 없다고 생각하는 사람이 틀림없이 있을 것입니다. 그리고 결국은 현상 추인(追認)이 아니냐고 말할 사람도 있을 것입니다. 하지만 원리라는 것은 파고들면 간단한 것으로, 아리스토텔레스의 말에 의하면 정치에 있어서 존재하는 길은 단 두 가지뿐입니다.

하나는 어딘가에 진정으로 '옳은' 정치의 모습이 있다고 생각하고 그것을 철저하게 논의하여 발견해 내고자 하는 사고. 정치적 진리주의(=원리주의). 하지만 이것은 지난날의 종교 대립(가톨릭과 프로테스탄트의 대립 등)과 같은 사태로 귀결되어 버리고 맙니다.

다른 하나는 각자 입장에서의 이론과 불만을 충돌하게 하고, 모든 사람들이 대등하다는 관점에서 원칙적으로는 서로에게 이해 조정적으로 누구에게도 특권적이 되지 않도록 하는 새로운 규칙을 발견해 내는 것. 상호 승인적 규칙 주의.

사실은 정치에 대한 생각에는 이것 이외에 커다란 원칙은 없다는 사실을 확실하게 생각해 내는 데만 해도 상당한 시간이 걸립니다. 아리스토텔레스는 그 길을 확실하게 걸은 사람이라고 생각됩니다.

행복과 불행

욕망과 능력의 오차에 대한 깨달음

'우리들의 욕망과 우리들의 능력 사이의 불균형에 바로 우리들의 불행이 존재한다.'

—루소 「에밀」

불행한 일이 계속되어도,
자신의 인생에 만족하는 사람이 있다.
나는 특별히 불행한 일은 없었지만,
행복하지는 않았다.

'행복해지는 것'과 '불행을 피하는 것'

우리들이 '행복'에 대해서 생각하는 이유는 무엇보다도 행복해지기 위한 좋은 방법을 찾아내려고 하기 때문입니다.

그렇다면 무엇을 위해서 '불행'에 대해서 생각하는 걸까요? 불행해지지 않기 위해서인 경우도 있을 것입니다. 하지만 호메로스에 의하면, '인간에게는 행복보다 불행이 두 배나 더 많습니다'. 그렇기 때문에 불행을 견디기 위해서, 혹은 불행에 대처하기 위해서라고 하는 편이 더 타당할지도 모르겠습니다. 누구나 '불행'해질 가능성을 언제나 가지고 있으며(아니, 누구나 다소간의 불행을 경험했다), 따라서 그것에 대한 대처법이 필요합니다.

한편, 톨스토이의 『안나 카레니나』의 서두에는 '행복한 가정은 모두 비슷비슷하지만, 불행의 모습은 천차만별이다'라는 유명한 말이 있습니다. 듣고 보니 틀림없이 그렇다는 생각이 듭니다.

불행에 대한 여러 가지 말들이 있습니다.

'화복(禍福)은 하나로 얽혀 있는 새끼줄과 같다'는 속담은 너무나도 유명합니다. 계몽 사상가의 대표자 중 한 사람인 볼테르는 '개개의 불행이 일반적으로 행복을 만든다. 따라서 개개의 불행이 많을수록 좋다'라고 말했습니다. '모든 비참함 중에서 가장 커다란 불행은 예전에 행복했었다는 것'이라고 말한 것은 고대 로마의 시인 호라티우스. 스트린드베리는 '불행만 계속된다면 인간은 모두 늑대가 될 것이다'라고 말했습니다. 전부 재미있는 말입니다.

하지만 서두에서 소개한 루소의 말은 아주 깊이 생각되어진 것으로, 불행에 대한 일종의 철학적 '정의'라고 할 수 있겠습니다.

'행복과 불행'은 한 쌍을 이루는 말로, 예를 들어서 '유쾌와 불쾌', '기쁨과 슬픔'이라는 쌍과 비교를 해보면 잘 알 수 있습니다.

'유쾌와 불쾌', '기쁨과 슬픔'은 인간에게 있어서 그때그때마다 느끼는 감각, 감정에 대해서 가치 있는 것과 가치 없는 것. 다시 말하자면 '추구하는 것과 피하고 싶은 것'입니다. '행복과 불행'은 인간에게 있어서 '삶'의 목표가 되는 것과 그 반대가 되는 것입니다. '행복해지고 싶다'는 것은 단순히 행복한 기분을 맛보고 싶다는 뜻이 아니며, '불행은 싫다'는 것은 단순히 괴로움, 슬픔이 싫다는 뜻이 아닙니다.

물론 우리들은 무엇이 '행복'인지, 어떻게 해야 '행복'하게 살아갈 수 있는 것인지 확실하게 알고 있는 것은 아닙니다. 바로 그렇기 때문에 종종 '참된 행복'이란 무엇인가 묻곤 하는 것입니다.

이런저런 상태가 인간의 행복이라고 확실하게 단언할 수 있는 사람은 드뭅니다. 누군가가 그렇게 말한다 하더라도 모든 사람들이 거기에 찬성한다는 것은 있을 수 없습니다.

하지만 그래도 우리들은 '불행'을 향해서가 아니라 '행복'해지기 위해서 살아가고 있습니다. 즉 '행복'은 인간 삶의 일반 목표라고 할 수 있을 것입니다.

'하고 싶다'는 욕망과 '할 수 있다'는 능력 사이의 오차

그런데 문제는 '불행'입니다. '불행'의 특질 중 하나는 그것을 피할 수만 있다면 '행복'해질 수 있을지도 모른다는 생각을 사람들에게 심어 주는 것입니다.

지난날 그리스의 스토아주의 철학자들은 대체로 그렇게 생각했습니다. 일반적으로 말해서 불행한 일은 늘 인간을 따라다닙니다. 불행을 근절할 수는 없습니다. 따라서 불행을 불행이라고 생각하지 않는 사고 방식을 갖는다면 행복해질 수 있지 않을까 생각했습니다.

예를 들어서 에픽테토스는 이렇게 말했습니다. '행복으로 가는 길은 오직 하나밖에 없다. 의지의 힘으로 어찌해 볼 도리가 없는 일에 대해서는 괴로워하지 않는 것이다.'

몽테뉴는 이렇게 말했습니다. '불행은 그 대부분이 인생에 대한 잘못된 해석의 징표다.'

이들은 하나의 지혜이기는 합니다. 불행해졌을 때, 미련 없이 포기하는 것이 가장 좋다는 사실을 이해하기 위한 방법입니다. 하지만 마음가짐에 의해서 '불행'을 '불행'이라고 생각하지 않도록 하기란 그리 쉬운 일이 아닙니다. 그것은 말하자면 이가 아플 때 이는 그다지 아프지 않다고 생각하거나, 이가 아파 죽은 사람은 없다고 생각하는 것과 같은 것입니다. 진실이 담겨 있기는 하지만, 이것만으로는 아직 충분하게 사람들을 이해시킬 수 있을 만한 형태라고 말할 수 없습니다.

인간은 왜 불행해지는 것일까요? 욕망이 생겨났음에도 불구하고, 그것을 실현할 방법을 찾지 못할 때 불행해집니다. '하고 싶다'는 마음과 '할 수 있다'는 능력 사이의 오차에 불행의 원천이 있습니다. 바로 이것이 루소가 말하고자 했던 점입니다. 이것은 거의 철학적인 원리라고 말할 수 있습니다. 배가 고픈데 먹을 것이 없으면 인간은 불행해집니다. 집을 나오고 싶은데 그 방법이 없을 때, 지긋지긋한 녀석들과 완전히 관계를 끊고 싶은데 그럴 만한 능력이 없을 때, 모든 사람들이 놀랄 만한 무엇인가를 하고 싶은데 그럴 만한 재능이 없을 때, 그리고 어떤 사람의 마음을 손에 넣고 싶은데 그럴 만한 자격이나 조건을 가지고 있지 못할 때 인간은 불행해집니다.

즉 불행은 '나'가 '바람직한 나', '이상적인 나'가 될 수 없다는 뼈아픔 속에 찾아옵니다. 이것은 여러 가지 의미를 가지고 있습니다.

우선, 불행은 불운한, 혹은 불우한 사태가 일어나는 것에 있는 것이라기보다는 '나의 욕망'과 '나의 능력(할 수 있다) 및 조건' 사이의 오차에 있다는 사실. 그렇다면 무엇이 이런 오차를 만들어 내는 것일까요?

회피할 수 있는 불행과
회피할 수 없는 불행을 간파한다

　루소의 공식에 의하면 불행을 회피하기 위한 조건에는 두 가지가 있습니다.

　하나는 욕망을 실현하기 위한 능력, 혹은 수단을 향상시키는 방법. 그것은 자격일 수도 있고, 능력(스킬)일 수도 있습니다. 하지만 몇 년이 걸릴지 알 수 없습니다. 경비를 들일 만한 가치가 있는지도 생각해 보아야 합니다.

　다른 하나는 욕망의 대상에 관한 문제. 예를 들어서 한 아이가 무엇인가를 무척 갖고 싶은데 그것을 손에 넣을 수 없을 때, 그 아이는 불행을 느낍니다. 이런 상태는 괴롭습니다. 하지만 만약 '손에 넣고 싶은 것'이 바뀐다면, 그는 불행을 느끼지 않게 됩니다. 그렇다면 '손에 넣고 싶은 것(욕망의 대상)'은 어떻게 하면 바뀌는 것일까요? 새로운 '욕망의 대상'이 나타나면 됩니다. 사람은 새로운 욕망의 대상(~하고 싶다)이 나타날 때까지는 이전의 자신의 '욕망'을 고집합니다. 그리고 그것 때문에 불행해집니다.

우리들은 회피할 수 있는 '불행'과 회피할 수 없는 '불행'이 있다는 사실을 알 수 있습니다. 이것은 매우 중요한 사실입니다.

사랑하는 가족이나 친구 등의 '죽음'은 사람을 반드시 슬프게 하며, 불행하게 합니다. 그 사람이 내가 살아가는 커다란 이유 중 하나였다면, 그 불행은 생각을 바꾼다고 해서 사라지는 것이 아닙니다. 자신의 마음을 달랠 수 있을 만큼 시간이 흐르기를 기다릴 수밖에 없습니다.

하지만 예를 들어서 내가 실현 가능성이 없는, 즉 무모한 '욕망'에 사로잡혀 있다면, 나는 스스로 자신을 '불행'에 빠트린 것입니다. 따라서 자신의 능력을 향상시킬 수 있을 때는 묵묵히 그것을 향상시켜야만 합니다. 이 조건을 높일 수 있는 가능성이 있을 때에는 먼 앞날을 생각해서라도 그 시간을 아껴야 할 이유가 있습니다. 하지만 가능성이 없을 때, 나의 욕망은 내게 어울리지 않을 뿐만 아니라 나를 괴롭히는 원인이 된다는 사실을 깨달아야만 합니다.

만약 이 사실을 이해할 수만 있다면, 인간은 그 '욕망'을 바꿀 수가 있습니다. 아니, 이 사실을 이해하지 못하는 동안에는 그 '욕망'이 삶의 이유가 됩니다. 이때에는 그 누구도 그 사람을 불행에서 건져 낼 수 없는 법입니다.

니힐리즘

어차피 인간은 모두 같은 존재구나

'마음은 올바른 목표를 잃으면, 거짓 목표를 향해서 분
출하려 한다.'

—몽테뉴 『수상록』

불황이나 사회의 혼란, 도덕성의 저하.

자신의 미래에 대해서 희망을

가질 수 없게 되어 버린 나는,

열심히 일을 하는 것도,

무엇인가를 믿는 것도

모두 한심하게 여겨졌다.

니힐리즘을
극복하는 방법은 있는가?

볼테르의 소설 『캉디드』에는 '모든 사물은 그것 이상의 방법으로는 존재할 수 없는 방법으로 존재한다'는 '최선론(最善論)'을 주장하는 형이상학자가 등장합니다. 그는 외적의 습격을 받아 주인공과 함께 행복하게 살고 있던 성에서 구사일생으로 빠져나오는 꼴을 당하고 마는데, 무시무시한 고난 속에서도 모든 것들은 이것 이상의 방법으로는 존재할 수 없다고 굳게 믿습니다.

이와 같은 최선론은 스토아학파적인 영혼 방어술의 일종이라고 말할 수 있을지도 모르겠습니다. 즉 사태(事態)가 자신의 능력을 넘어서 여러 가지 불우한 일들을 가져오는 것이라고 느끼기 때문에, 애초부터 모든 것들은 이것 이상 좋은 방법으로는 발생하지 않는다고 생각해 두는 것입니다.

인간의 마음의 움직임은 참으로 여러 가지지만, 기본 원칙을 말해 보자면 '나는 나다'라는 자기 가치를 지키는 것이 가장 근본적인 것이며, 그 다음이 마음의 고통을 피하기 위해서 가능한 방어책을 취하는 것입니다.

니힐리즘은 일반적으로 염세관(페시미즘), 인간 혐오(미센트로프)와 연결되는데, 세계관과 인간관이라기보다는 하나의 자아 방어 방식이라고 생각하는 편이 이해하기 쉬울 것입니다. 즉 그것은 '자기 이해'의 한 방식입니다.

니힐리즘 철학자 중 대표적인 사람은 니체입니다.

그런데 종종 오해를 받는 것이 그는 니힐리즘, 즉 염세 철학을 주장한 것이 아니었습니다(그것은 쇼펜하우어입니다). 그 반대로 니체 철학의 핵심은 '니힐리즘의 극복'에 있습니다.

니체의 설은, 19세기에 신의 죽음을 경험한 유럽은 20세기에는 필연적으로 니힐리즘의 세기가 될 것이다, 라는 것이었습니다. 유럽 사상이 총체적으로 니힐리즘에 빠지게 되는 것은 피할 수 없는 일인데, 그 이유와 근거, 그리고 본질적인 처방을 명확하게 밝히겠다고 니체는 말했습니다. 니체의 생각의 요점은 다음과 같습니다.

유럽 사람들은 오랫동안 '신'이라는 거대한 '이성'을 굳건하게 믿어 왔습니다. 하지만 19세기 과학의 발달로 허망한 사실이라는 것이 밝혀졌습니다. 바로 이 순간 유럽의 니힐리즘은 피할 수 없는 것이 되어 버렸습니다.

즉 존재해야 할 '참다운 세계'가 사실은 존재하지 않는 것이었다는 사실이 명확해졌기 때문에, 이 세상에는 더 이상 살아갈 의미가 존재하지 않는다며 절망하는 것. 이 것이 니힐리즘이라는 심성(心性)의 메커니즘입니다.

'인간은 모두 같은 존재다' 가 상징하는 것

플라톤도 『파이돈』에서 거의 같은 취지의 이야기를 했는데, 니체의 어법은 변함 없이 매우 거칠지만 또 그 런 만큼 파괴력을 가지고 있습니다.

니힐리즘이란 열등한 사람들이 더 이상 어떠한 위안도 갖고 있지 않다는 사실의 징후다.   ─『권력에의 의지』

키에르케고르가 말한 것처럼, 인간은 나날의 가능성 에 의해서 움직이기 때문에 이 삶에 대한 가능성과 희 망, 그 의미를 잃게 되면 절망하고 니힐리즘에 빠지게 됩니다. 이것은 당연한 사실로, 일종의 병적 증상에 대한 예로써의 니힐리즘입니다. 하지만 병적 증상에 대한 예로써의 니힐리즘이 아닌, 자기 이해로써의 니힐리즘은 참으로 까다로운 문제입니다.

다자이 오사무(太宰治)의 『사양』에는 이런 말이 나옵니다. '인간은 모두 같은 존재다.' 주인공은 이렇게 생각합니다. '이 얼마나 비겁한 말인가? 인간을 비하함과 동시에 자신까지도 비하하고 아무런 자부심도 없이 모든 노력을 포기하는 것과 같은 말.'

'인간은 모두 같은 존재다' 라는 말과 같은 것으로, '어차피 인간은 색(色)과 돈이다' 라는 표현도 있습니다. 이러한 생각은 그다지 심각한 니힐리즘은 아니지만 어딘지 모르게 안개처럼 퍼져 있는 흐릿한 인간 이해로, '자기 이해로써의 니힐리즘'의 전형입니다.

자신의 삶의 방식과 자기 자신에 대한 배려를 상실하는 것

자기 이해로써의 니힐리즘은 인간의 본질인 자기에 대한 '존재 배려'를 상실한 상태입니다. 자신의 삶의 방식과 존재 방식에 대해서 신경을 쓰려고 하는 노력을 쓸데없는 것, 허영과 허망, 오만, 젊은 혈기에 의한 낭만에 지나지 않는 것이라고 생각합니다. 그뿐만 아니라 자신의 그러한 인간 이해를 성숙한 생각, 현실을 알고 있는 어른의 생각이라고 느끼며, 일종의 우월감까지도 갖고 있는 상태입니다. 물론 그러한 인간관은 오히려 흔히 볼 수 있는 것이기 때문에 그런 말을 하는 것은 그다지 어려운 일이 아닙니다. 이러한 '자기 이해로써의 니힐리즘'은 수도관에 쌓이는 물때, 세포에 쌓이는 노폐 물질과 같은 것으로, 오래 살아가다 보면 조그만 좌절의 반복으로 인해서 자연스럽게 쌓이게 되는 것입니다. 그런데 이것을 무의식적으로 '자기' 방어로 바꿔 버리기 때문에, 더욱 더러운 냄새가 나게 됩니다. 홀아비 냄새, 늙은이 냄새라는 말의 정체가 바로 이것입니다.

유치한 로맨티시즘이나 센티멘털리즘은 자의식 과잉이 아니라 자의식 과소에서 발생합니다. 이것 역시 골치 아픈 것이지만, '인간, 아무리 잘난 척 해봐야 어차피 색과 돈이다'라는 식의 인간 이해도 또한 역겨운 냄새를 피워 올립니다.

다자이는 그것을 『민중들의 술집』에서 '구더기가 들

끓듯' 생겨난 말이라고 참으로 적절하게 표현했습니다. 우리들은 거기에서 사실은 자기 방어임에도 불구하고 조그만 기회를 봐서 거드름을 피우려고 하는 어리석고 좁은 마음과, 더 이상 움직이기 어려워진 삶에 대한 둔중한 절망을 발견할 수 있습니다.

다자이의 소설에는, 언제나 괴로운 상황 속에서 모든 것을 내던지고 '니힐리즘'으로 도망가고 싶지만 간신히 '자기 삶에 대한 배려'를 유지하려고 하는 주인공들의 생명과의 필사적인 줄다리기가 묘사되어 있는 것이 많습니다. 『사양』이 그 전형적인 예입니다. 또한 그 여주인공들은 어떻게든 자신을 되찾으려고 발버둥치는 남자들에게 무엇인가 그럴 듯한 보상을 해주었으면 좋겠다고 꿈꾸는 여성들입니다.

니힐리즘은 모습이 제대로 보이지 않는 적이자, 조금씩 쌓여 가는 삶의 보이지 않는 노폐물입니다. 게다가 그것은 비열하게도 최후의 살뜰한 위안이기도 합니다. 바로 그렇기 때문에 여기에 대항하는 것은 그리 쉬운 일이 아닙니다.

인생의 목적

이야기의 결말은 자기 스스로 바꿔 쓸 수 있다

'이 세상에서 네 육체가 아직 힘을 잃지 않았는데 영혼이 먼저 힘을 잃는다면, 이는 부끄러워해야 할 일이 아니겠는가?

—마르쿠스 아우렐리우스 『자성록』

문득 정신을 차리고 보니, 나는 같은 장소에 있었다.
그리고 깨달았다.
이 여행에는 결말이 없다는 사실을.
눈앞에는 몇 개의 길이 있으며,
나는 내 의지대로
마음에 드는 길을 걸어갈 수 있다.
선택한 길을 따라갈 수도,
되돌아설 수도 있다.
그리고 나는
다시 걷기 시작할 수밖에 없다.

신이 죽고, 인간이
인간인 시대가 되었다

샐린저의 『호밀밭의 파수꾼』에는, 모자 사이즈가 한 사람 한 사람 다른 것처럼, 모든 사람들의 머리에 맞는 생각이란 없다고 말하는 조금 이상한 교사가 등장합니다. 참으로 옳은 말로, 다양성을 중요시하는 근대 사회에서 인생의 모습은 한 사람 한 사람 전부 다르며, 그 목적도 천차만별입니다. 하지만 그 커다란 윤곽은 생각해 볼 수 있습니다.

근대 이전의 사회에서 인간 삶의 의미는 기독교의 커다란 교리에 따라서 배급되고 있었습니다. 근대 사회에서는 이 배급이 끝났으며, 사람들은 스스로 자신의 삶의 의미와 목적을 찾아야 합니다.

'신은 죽었다.' 따라서 처참한 유럽에 강력한 니힐리즘이 찾아올 것이라고 니체는 19세기 말에 예언했습니다. 그의 예언은 조금씩 유럽인들을 덮치기 시작했으며, 현대에는 '신은 죽었다' 정도가 아니라 이미 '인간의 종언'(푸코)을 주장한 지식인도 등장했습니다.

하지만 인간이 끝났다는 것은 비꼬는 듯한 농담에 지나지 않습니다. 근대는 몰락한 신 대신에 혁명과 진리와 같은 커다란 '이야기'가 나타난 시대지만, 지금은 그런 커다란 '이야기'도 몰락했으며, 정말로 제 각각의 형태로 니힐리즘이 솟아나고 있는 시대입니다. 하지만 그 니힐리즘의 노출이라는 현상이 바로 인간이 인간일 수밖에 없는 시대가 찾아왔다는 증거입니다.

그런데 현대가 니힐리즘의 시대라는 사실을 유럽의 지식인들처럼 크게 문제 삼을 필요는 없습니다. 이 점에 관해서는 일반 사람들이 현실 사회를 더 잘 알고 있다고 말할 수 있는 면도 있습니다. 니체가 말한 것처럼, 니힐리즘을 극복하기 위해서는 그것을 철저하게 맛봐야 합니다. 어쨌든 이 니힐리즘의 기본 구조를 그려 보도록 하겠습니다.

근대 이전의 전통적 사회에서는 관습적·습속적인 역할 관계가 인간의 존재 의미와 이유를 거의 확정 짓고 있었기 때문에, 삶의 의미는 우선 안정되어 있었습니다. 하지만 현대 사회의 경쟁적인 승인 게임이라는 요소 속에서 전통적인 역할 관계는 해체되어 갔으며, 삶의 의미는 승인 게임에서의 성공이나 실패에 영향을 받게 되었습니다. 즉 개개인이 자신의 삶을 시인하고 긍정할 수 있느냐 하는 문제는 승인 게임의 승패에 영향을 주게 됩니다.

대다수의 인간들이 틀에 박힌 노동에 얽매여서 오로지 생산 활동에만 종사하고, 향수하는 것은 금지되어 있던 근대 이전의 사회와 비교해 보면, 근대의 승인 게임의 사회는 두말할 필요도 없이 커다란 진보라고 할 수 있습니다. 하지만 이것은 또한 사회적인 경쟁이기 때문에 반드시 승자와 패자가 생겨납니다. 그리고 화려한 성공을 통해서 삶의 의미를 찾을 수 있는 사람은 언제나 극소수에 불과합니다. 매스 게임에서는 전원이 역할을 수행한 것이지만 경쟁게임에서는, 예를 들자면 마라톤에서처럼 메달을 따지 못한 사람들은 전부 패자라고 느끼는 경향이 있습니다.

이처럼 사회 전체가 공동체적인 역할 관계에서 사회적인 경쟁 게임으로 진전해 가는 현대 사회에서는 삶의 의미와 이유를 명확하게 찾을 수 없게 하는 조건들이 늘어납니다. 우리들은 깊은 역할 관계와 습속 속에서 살아 왔는데, 급속하게 현대 사회의 경쟁 게임에 휘말려 들어가는 현대에서 생활하고 있습니다. 지금은 바로 그 과도

기라고 말할 수 있습니다. 그럴 때는 삶의 의미나 이유를 자연스럽게 확보해 주는 요소가 적어지며, 이곳저곳에서 삶의 불안이 나타나게 되는 법입니다.

하지만 총체적으로 보자면, 사회적 운영의 게임을 통해서 고정적인 역할 관계를 해체해 가는 현대 사회가 인간 삶의 일반 조건으로써 더욱 좋은 방향으로 나아가고 있는 것이라는 사실을 잊어서는 안 됩니다. 이와 같은 과도기에는 불안을 조장하거나, 낡은 도덕과 윤리를 주장하거나, 심각한 종말론을 이야기하는 사람들이 늘어나는데, 니체에 의하면 그것은 모두 반동 형성으로써의 니힐리즘입니다.

니힐리즘은 현대 사회의 유혹의 마수

철학자 니체는 니힐리즘에 대해서 무엇이든 알고 있는 니힐리즘의 철인(鐵人)이라고 말할 수 있습니다. 니힐리즘은 현대의 유혹의 마수입니다. 그것은 르상티망과 하나가 되어 우리들의 불안과 절망 속으로 파고들려 하고 있습니다. 하지만 니체 철학의 근본 사상은 오직 하나, 인간의 본성은 삶에 대한 격렬한 욕망이라는 점에 있으며 그 이유를 잘 파악하고 조건만 갖춘다면 니힐리즘 같은 것에 질 리가 없다는 것입니다.

어른이 된다는 것은 청년의 낭만을 능숙하게 제어하여 과도한 낭만과 플라토니즘에 지지 않을 만한 건전한 정신을 길러 낸다는 것입니다(플라토니즘, 로맨티시즘 비판에 관한 좋은 소설로는 지드의 『좁은 문』, 그리고 다자이 오사무〔太宰治〕의 『오토기조시〔お伽草紙〕』와 『치쿠세이〔竹青〕』 등이다). 하지만 다른 한편으로는 낭만을 잃고 니힐리즘과 시니시즘의 꿈에 빠질 위험이 있는 길고 긴 길을 걸어가는 것입니다.

술집에 가 보면, '어차피 인간은 다 똑같은 존재'라는 생각을 싸구려 향수처럼 마구 뿌려 대고 있는 어른들을 곧잘 볼 수 있습니다. 낮에 도회의 레스토랑에서는 시간을 어떻게 보내야 할지 몰라 습관적 잡담(수다)으로 시간을 낭비하고 있는 아줌마들의 모습도 볼 수 있습니다.

삶의 명확한 목표를 잃고 무료함과 권태에 빠지면, 호기심과 잡담, 르상티망이 제멋대로 자라나는 법입니다.

이들은 다시 말하자면 미온적인 니힐리즘의 징후입니다. 누구에게도 도움이 되지 않고 아무런 효과도 없는 기분 전환, 인간의 삶의 의욕을 서서히 잠식해 갈 뿐인 정신적 방탕입니다.

그렇습니다. 사회적 게임에서 커다란 공적을 세울 가능성을 잃고, 생활에서의 역할 관계에서 아무도 승인해 주지 않는 노고를 언제까지고 되풀이한다는 것은 참으로 괴로운 일입니다. 그렇기 때문에 쉽게 '어른'들을 책망할 수는 없습니다. 하지만 그것은 현대 사회에서 어른이라는 사실에 언제나 따라다니는 극히 일반적인 함정입니다. 니힐리즘과 시니시즘은 빈집털이들처럼, 나태해지고 무기력해진 인간 정신을 노리며 세상을 떠돌아다니고 있는 것입니다.

노력은 자신의
삶에 대한 보증이다

라 퐁텐은 이렇게 말했습니다. '전 세계는 알면서 자기 자신을 모르는 자가 있다.'

세상에 대한 지식만 익히고 인간에 대한 좋은 지혜가 부족하다면, 가령 사회적 게임에서 커다란 성공을 거둔다 할지라도 삶과 자기 자신에 대해서 패자가 될 가능성이 있습니다.

니체의 '영원 회귀(니체 철학의 근본이 되는 생각으로, 똑같은 것이 영원히 반복되는 것. 니체는 이 말을 바탕으로 절대적 긍정을 설명했다)'에 대한 설명은 매우 유명한데, 그 내용을 확실하게 이해하고 있는 사람은 그다지 많지 않습니다. 조금 해설해 보도록 하겠습니다.

'영원 회귀'란 기독교적인 최후의 심판, 신앙을 지킨 사람은 그에 대한 보상으로 영원한 생명을 얻게 된다는 설명의 반정립(反定立)입니다. 이와 같이 죽음에 대한 불안을 미끼로 삼은 삶의 보상에 대한 설명은 인간의 자유로운 본질을 망치게 한다는 것이 니체의 반박입니다.

세계는 영원히 회귀한다. 즉 자네는 자네의 한 번뿐인 인생을 영원히 반복되는 것이라고 생각하라. 이것은 무슨 뜻일까요?

자신과 세계에 침을 뱉는 하나하나의 행위의 결과로 당신이 자신의 삶을 니힐리즘의 심연에 내던지면, 당신의 삶은 영원히 그 니힐리즘을 반복하게 될 것입니다.

하지만 당신이 자신을 바로잡아 무엇인가 당신을 강력하게 움직이는 것에 이끌려 삶을 시인하고 긍정할 수 있게 된다면, 세계는 당신이 바랐던 삶 그 자체로써 영원히 회귀할 것입니다.

픽션이기는 하지만, 실로 깊은 맛을 지닌 말입니다.

참된 어른의 지혜란 모든 노력을 다 기울인 후에 그 결과를 받아들이는 것입니다. 노력에도 재능이 필요하다는 말을 자주 듣곤 하는데, 노력은 자신의 삶에 대한 보증으로 나타나기도 합니다. 우선 사회적인 경쟁 게임에 참가하여 힘을 쏟아 붓고, 그 결과를 받아들이는 것. 그 결과가 기대에 못 미친다 하더라도 인간은 자신을 시인할 수 있는 또 다른 관계의 아이템을 가지고 있습니다. 그것이 근대 사회의 장점입니다.

모든 사람이 자신의 길을 걸어갈 수밖에 없다

근대 사회에서 사람은 사회적인 경쟁 게임과 함께 사적인 인간 관계의 승인 게임이라는 또 다른 영역도 가지고 있습니다. 따라서 사회적인 경쟁 게임의 승패는 절대적인 것이 아닙니다. 하지만 여기서 좌절을 경험할 때마다 사람은 르상티망을 쌓아 가게 됩니다. 그리고 그것을 인간관계의 공간에 던져 넣음으로써 자신의 실질적인 삶을 망치게 되는 것입니다.

사람에게 맞는 모자는 제각각 다릅니다. 그것과 마찬가지로 누구에게나 각자 최고의 인생이 있다는 것이 영원 회귀설의 첫 번째 포인트입니다. 르상티망을 적절하게 처리하고, 니힐리즘과 시니시즘을 제어하는 영혼의 힘을 조금씩 익혀 가는 것. 이것이 자신 속에서 삶에 대한 낭만과 동경이 계속해서 살아가게 하는 최대의 지혜입니다.

그리고 영원 회귀설의 두 번째 포인트는, 현대 사회에 절대적인 구제의 길은 없다는 것입니다. 짊어지고 있는 짐도 모두 다릅니다. 모든 사람들이 지나다닐 수 있는 대로도, 전원이 승선할 수 있는 노아의 방주도 존재하지 않습니다. 모두가 각자 자신의 짐을 처리해 가면서 자신의 길을 걸어갈 수밖에 없습니다. 그 외의 다른 길은 아무것도 없습니다. 그것을 이해하면 드디어 새로운 길이 보이게 됩니다.

이 세상에서 네 육체가 아직 힘을 잃지 않았는데 영혼이 먼저 힘을 잃는다면, 이는 부끄러워해야 할 일이 아니겠는가?

_마르크스 아우렐리우스

참으로 옳은 말입니다. 근대인의 영혼의 힘은 지금부터 개발되어야만 합니다. 그러기 위해서는 인간에 대한 지혜가 더욱 더 필요합니다.

본질을 아는 것은
사고의 효율적인 경영

　언어에 대한 경험이란 무척 재미있는 것이다. 나는 학생들과 사귀기를 좋아하는 편으로, 벌써 25년 정도 학생들과 이것저것 논의를 해오고 있다. 그 경험을 바탕으로 말해 보자면, 젊은 시절의 독서와 논의는 사람 속에 언어를 쌓아 가는 것이다. 그리고 어느 순간에 갑자기, 마치 컵 속의 물이 넘쳐 나는 것처럼, 그 사람의 자기를 표현하는 말이 되어 밖으로 넘쳐 나는 것이라는 느낌을 받는다.

　어리석은 사람이 현명해질 수 있는 확실한 길은 있는가에 대해서 말해 보자면, 아무래도 성격이 변하지 않는 사람도 가끔 있기는 있다. 하지만 젊은 시절에 언어가 서서히 쌓여서 어느 순간에 마치 꽃이 피는 것처럼 총명한 말들이 넘쳐 나는 일들이 종종 일어나곤 한다.

내 생각으로는 그런 사람들은 여러 가지 언어의 사용법을 보고 듣는 중에 언어의 '본질'이라는 것을 파악한 것이라고 생각된다. 그럴 경우 그 사람들의 언어의 사용법에는 탄력이 있으며, 쓸데없는 자만심이나 방어도 없고, 언어 속에 그 사람의 표정이 떠오르게 된다.

그 어떤 말이든 그 말에는 생명, 본질이라는 것이 있으며, 그것을 파악하여 적절하게 사용할 수 있는 능력이 인간을 총명하게 만드는 것이라고 생각한다.

이 책의 주제는 욕망, 낭만, 좌절, 절망, 연애, 르상티망, 기만, 진리, 니힐리즘 등과 같은 말들의 본질을 생각해 보는 것이다. 어려움이 있을 때 되풀이해서 읽어 보시기 바란다. 그러는 동안에 어떤 계기로 이들 말의 본질을 보게 될지도 모를 일이다.

마지막으로, 누가 읽을지는 모르겠지만 격언 하나.

'자신의 욕망에 지는 젊은이는 나약한 자다. 하지만 자신의 욕망을 썩히는 어른은 어리석은 자다.'

전자는 '대상에 대한 절망'이지만, 후자는 '자기 자신에 대한 절망'이다. 이렇게 되어 버리면 인간은 인생을 포기해 버리게 된다.

이 책은 슈후노토모(主婦の友) 인포스 정보사의 편집자인 하세가와 씨의 제안으로 집필하게 되었다. 그녀의 최고의 무기는 기묘한 오사카 사투리로, 평소 같으면 엄두도 내지 못할 정도로 바쁜 시기에 그녀의 말에 의해서 결국은 이 책을 한 권 쓰는 꼴이 되어 버리고 말았다. 하세가와 씨의 말을 들으면, 그 어떤 일이라도 쉽사리 해치울 수 있을 것 같다는 생각이 들어 버린다. 어쨌든 변덕스러운 저자 때문에 고생 많았을 것이다. 이 자리를 빌어 깊이 감사.

2004년 5월

다케다 세이지

키에르케고르 1813~55. 덴마크의 사상가. 기독교를 날카롭게 비판하고, 현대 실존 철학, 변증법 신학에 커다란 영향을 주었다. 『죽음에 이르는 병』, 『불안의 개념』 등.

스탕달 1783~1842. 프랑스의 소설가. 사회 비판과 심리 분석에 정통했다. 연애론 에서는 상대에게 온갖 미덕을 부여하는 '결정 작용'에 대해서 설명했다. 『적과 흑』, 『연애론』 등.

D. H. 로렌스 1855~1930. 영국의 소설가. 성의 의의를 중요시했으며, 대담하고 노골적으로 그 문제를 취급했다. 『채털리 부인의 사랑』의 일본어 번역본은 재판까지 일으키게 했다.

헤겔 1770~1831. 독일의 철학자. 근대 철학을 대표하는 인물. 『정신 현상학』에서 는 세계를 절대적 정신의 변증법적 발전이라고 봤다. 『역사 철학』 등.

바타유 1897~1962. 프랑스의 사상가, 소설가. '여성극'이라 불렸을 정도로, 여성 연애 심리의 이면을 절묘하게 묘사했다. 『마담 에두아르드』, 『C 신부』 등.

니체 1844~1900. 독일의 철학자. 영원 회귀에 의해서 '생'을 좀 더 적극적으로 긍정 하는 '초인' 사상을 주장했다. 『차라투스트라는 이렇게 말했다』, 『권력에의 의지』 등.

비트겐슈타인 1889~1951. 오스트리아 출생의 철학자. 철학과 언어 분석에만 한정 된 연구를 행했다. 생전의 유일한 저서는 『논리 철학론고』.

하이데거 1889~1976. 현대 독일의 철학자. 후설의 현상학을 발전시켜 독자적인 존재론, 해석학적 현상학을 정립했다. 『존재와 시간』 등.

흄 1711~76. 영국의 철학자. 존재란 경험에서 오는 인상이며, 이것이 무엇에 의해서 불러일으켜지는지는 알 수 없다는 '철학적 회의론'을 주장했다.

무라카미 하루키 1949~. 소설가. 일본 현대 문학의 신세대 작가. 많은 비유를 활용한 독특한 문체가 특징. 『바람의 노래를 들어라』, 『노르웨이의 숲』, 『양을 둘러싼 모험』, 『해변의 카프카』 등.

아리스토텔레스 기원전 384~기원전 322. 그리스의 철학자. 플라톤의 가르침을 받지만, 플라톤의 이데아론에는 반론, 극단을 피한 '중용'을 취했다. 『니코마코스 윤리학』, 『정치학』 등.

라 로슈푸코 1613~80. 프랑스의 소설가, 모럴리스트. 유명한 잠언집 『인생의 지혜』는 염세적이기는 하지만, 날카롭게 인간을 분석한 글이다.

와일드 1854~1900. 영국의 시인, 극작가. 예술을 위한 예술을 믿는 탐미주의를 제창. 『도리언 그레이의 초상』, 『살로메』, 『이상적인 남편』 등.

마크 트웨인 1835~1910. 미국의 소설가. 자연 생활을 존중했으며, 기지에 넘치는 날카로운 어조로 사회를 풍자했다. 『톰 소여의 모험』, 『허클베리핀의 모험』 등.

칸트 1724~1804. 독일의 철학자. 자아는 인식뿐만 아니라 실천의 주체이며, 객관이 주관을 따르고 주관이 객관을 가능하게 한다는 코페르니쿠스적 전회(轉回)를 주장. 『순수 이성 비판』, 『실천 이성 비판』, 『도덕 형이상학 원론』 등.

루소 1712~78. 프랑스의 계몽 사상가. '사회 계약'과 '일반 의지'의 개념으로 근대 사회 사상의 초석이 되었다. 『사회 계약론』, 『에밀』, 『고백』 등.

플라톤 기원전 428~기원전347?. 고대 그리스의 철학자. 소크라테스의 제자. 보편자야말로 참된 실재라고 주장한 이데아설은 철학사에 결정적인 영향을 주었다. 『국가』, 『소크라테스의 변명』, 『파이돈』 등.

한비 기원전 288?~기원전 233. 중국 전국 시대 한나라의 공자로, 법가(法家)의 대성자(大成者).『한비자』는 법률, 형벌로써 정치의 기초를 설명한 것인데, 전부 한비가 지은 것으로 보이지는 않는다.

몽테뉴 1533~92. 프랑스의 사상가. 대표적인 모럴리스트. 아이들을 위해서 저술한 것으로 알려진『수상록』의 소재는 몽테뉴 자신.

나카지마 아쓰시(中島敦) 1909~42. 소설가. 간결하고 아름다운 문장으로 자조적이며 탐미적인 작품을 남겼다. 33세에 천식으로 요절했기 때문에, 작품 수는 매우 적다.『산월기』,『이릉(李陵)』등.

미시마 유키오(三島由起夫) 1925~70. 소설가. 극작가. 20세기 서양 문학의 문체·방법을 배움. 순수 일본 원리를 모색하였으며, 육상 자위대의 주둔지에서 자결.『가면의 고백』,『풍요로운 바다』,『금각사(金閣寺)』등.

발레리 1871~1945. 프랑스의 시인, 사상가. 절망과 회의를 품고 있었으면서도 그 시와 산문은 엄밀한 사유와 명확한 용어, 간결한 기법에 의해 만들어졌다.『데스트 씨와의 하룻밤』,『젊은 파르크』등.

헤로도토스 기원전 484?~기원전 425?. 고대 그리스의 역사가로, '역사의 아버지'로 불리고 있다. 오리엔트 각지를 순례했다. 명저로 알려져 있는『역사』는 자신의 견문을 바탕으로 한 이야기풍.

스토아주의 기원전 4세기 말에 제논이 창시한 그리스 철학 중 하나. 의무와 도덕을 중시하고, 감정에 사로잡히지 않는 금욕주의를 말한다.

회의주의 객관적인 심리를 의심하여 단정적인 판단을 내리지 않는 것. 근대 회의파의 대표자는 몽테뉴 등.

마르크스주의 19세기 중반, 마르크스·엥겔스에 의해서 확립된 사상 체계. 자본주의 체제를 비판한 사회주의·공산주의 세계 건설 이론으로 유명하다.

플루타르코스 46?~120?. 고대 그리스의 철학자, 역사가. 200편 이상의 저술이 있다고 전해진다. 『영웅전』 등. 『다변에 대하여』는 『영웅전』 중 하나.

카타르시스 정신 분석 용어. 무의식중에 억압된 정신적 외상을 언어나 행동, 감정을 통해서 밖으로 뱉어 내도록 하는 정신 요법.

독아론(獨我論) 유아론(唯我論), 독재론(獨在論)이라고도 한다. 실재하는 것은 자신의 자아와 그 소산뿐으로, 타아나 그 외의 모든 것들도 전부 자아의 관념 혹은 현상이라고 주장하는 주관적 인식론.

볼테르 1694~1778. 프랑스의 작가, 사상가. 대표적인 계몽주의자이기도 하다. 이성과 자유를 앞세워 봉건제, 전제 정치와 싸웠다. 『철학 서간』, 『캉디드』 등.

사르트르 1905~80. 프랑스의 철학자. 현상학을 이어받아 새로운 실존 철학을 정립했다. 존재는 본질보다 선행한다는 명제를 확립했다. 『실존주의는 휴머니즘이다』 등.

쇼펜하우어 1788~1860. 독일의 철학자. 세계의 내적 본질은 '의지'라는 철학을 내세웠다. 『지성에 대하여』, 『독서에 대하여』, 『행복에 대하여』, 『수필과 이삭 줍기』 등.

디오니소스 그리스 신화의 주신(酒神). 바쿠스라고도 불린다. 축제와 도취의 신.

크세노폰 기원전 430?~기원전 354?. 고대 그리스의 문필가, 무장. 소크라테스의 친구이자 제자이기도 했다. 『소크라테스의 회상』은 소크라테스의 처형을 알고 저술한 것.

체호프 1860~1904. 러시아의 소설가, 극작가. 인간의 미묘한 마음의 움직임을 묘사한 새로운 희곡 등을 남겼다. 『벚꽃 동산』, 『귀여운 여인』, 『갈매기』 등.

고바야시 히데오(小林秀雄) 1902~83. 근대 일본을 대표하는 비평가, 문예 평론가. '자아'의 해석을 축으로 창조적 비평을 확립했다. 『무상(無常)이라는 것』, 『모토오리 노리나가(本居宣長)』 등.

헤겔 1770~1831. 독일의 철학자. 근대 철학을 대표하는 인물. 『정신 현상학』에서는 세계를 절대적 정신의 변증법적 발전이라고 봤다. 『역사 철학』 등.

프레보 1697~1763. 프랑스의 소설가. 귀족으로 태어났지만, 뜨거운 정열 때문에 파란만장한 생애를 보냈다. 자전적 소설인 『마농레스코』는 근대 연애 소설의 선구.

괴테 1749~1832. 독일의 시인, 소설가. 낭만주의를 싫어했으며, 실러와 함께 독일 고전주의 시대를 개척했다. 『젊은 베르테르의 슬픔』, 『파우스트』 등.

로베스피에르 1758~94. 프랑스의 정치가. 혁명적 민주주의 입장을 고수, '청렴 결백자'라 불렸다.

투르게네프 1818~83. 러시아의 소설가. 인도주의를 목표로, 소설에서 사회 문제를 취급했다. 『첫사랑』, 『아버지와 아들』, 『루딘』 등.

이데아 플라톤 철학의 개념. 감각적인 세계에서의 사물의 본질이나 원형을 가리키는 말. 이성의 의해서만 인식할 수 있는 참된 실재. 근세 이후에는 관념이나 이념을 나타내는 말이 되었다.

생트 뵈브 1804~69. 프랑스의 시인, 비평가. 정신의 박물학으로써 날카로운 인간성 해부와 심리적 관찰을 행했다. 『인생론』, 『위안』, 『월요 한담』 등.

기타무라 도코쿠 1868~94. 메이지 시대의 시인, 평론가. 본명은 몬타로(門太郞). 문단 작가를 비판하고, 문학의 자립을 주장. 『염세 시가와 여성』, 『숙혼경(宿魂鏡)』, 『나비의 행방』, 『매도』 등.

톨스토이 1828~1910. 러시아의 소설가, 사상가. 제정 러시아에서 사회의 모순에 고뇌하여 종교에 경도되어 갔다. 『전쟁과 평화』, 『안나 카레니나』, 『인생론』 등.

사드 1740~1814. 프랑스의 작가. 작품 중에서 성도착자를 묘사, 사디즘이라는 명칭을 낳았다. 수년 간에 걸친 투옥 후, 정신 병원에서 숨을 거뒀다. 『쥐스틴』, 『쥘리

엣』 등.

라클로   1741~1803. 프랑스의 소설가. 서간체 소설인 『위험한 관계』는 18세기 퇴폐한 사교계를 날카롭게 묘사한 대표적인 프랑스 심리 소설 중 하나.

곤추나곤 아쓰타다(權忠納言敦忠)   906~943. 헤이안 시대의 가인. 연가에 능했으며, 관현(管絃)에도 뛰어났다. 『아쓰타다 집』 등.

홉스   1588~1679. 영국의 철학자. 인간의 자연 상태를 '모든 사람들의 모든 사람들에 대한 투쟁'으로 본 『리바이어던』이 매우 유명하다.

아나카르시스   기원전 6세기경. 고대 그리스의 현인, 철학자. 소크라테스는 델포이의 무녀로부터 현인이라는 증언을 받았지만, 아나카르시스에는 증언받지 못했다고 한다.

종교 전쟁   16세기 후반에 가톨릭과 프로테스탄트의 대립이 원인이 되어 일어난 전쟁.

스콜라 철학자   중세 유럽의 학문으로, 주로 교회나 대학 등에서 연구되었다. 기독교의 교의를 이성적으로 변증. 주로 아리스토텔레스의 철학을 기본으로 삼고 있다.

호메로스   기원전 9세기경~기원전 8세기경. 그리스의 시인. 출생 등에 대해서는 불명확한 점이 많다. 영웅 서사시 『일리아드』의 저자로 알려져 있다.

호라티우스   기원전 65~기원전 8. 로마 황제 아우구스투스 등의 계관 시인. 근세까지 작사법(作詞法)의 모델이 되었다. 『풍자시』, 『서정시집』 등.

스트린드베리   1849~1912. 스웨덴의 작가. 여권 운동을 극단적으로 싫어했으며, 『줄리 아가씨』는 여성 증오 선언서라 불리고 있다. 『치한의 고백』, 『한여름 날』 등.

에픽테토스   50?~138? 그리스의 철학자. 스토아학파에 속한다. 원래는 노예의 신분이었다. 강의를 정리한 『어록』은 이후의 황제인 아우렐리우스에게 강한 영향을 주었다.

다자이 오사무(太宰治) 1909~48. 쇼와(昭和) 기를 대표하는 작가. 처녀작 『만년』은 공산주의 운동에서 벗어나면서 쓴 유서였다. 『달려라 메로스』, 『사양』, 『인간 실격』 등.

마르쿠스 아우렐리우스 121~180. 고대 로마의 황제. 5현제(賢帝) 중 한 사람. 스토아 철학자로서도 유명. 진중(陣中)에서 집필한 『명상록』은 스토아 철학의 사상과 인간애로 넘쳐난다.

샐린저 1919~. 미국의 소설가. 사춘기 특유의 심리를 감수성 넘치는 유연한 구어체로 묘사한 『호밀밭의 파수꾼』은 너무나도 유명하다.

푸코 1926~84. 프랑스의 철학자. 구조주의 철학의 대표자. 광기와 이성, 지식과 권력 등에 대해서 연구했다. 『광기의 역사』, 『언어와 사물』, 『성의 역사』 등.

지드 1869~1951. 프랑스의 작가. '자기와 세계의 다양성'에 고뇌하면서 질서와 조화를 중시했던 고전주의에 도달. 『좁은 문』, 『배덕자(背德者)』, 『로베르』 등.

라 퐁텐 1621~95. 프랑스의 시인. 우화라는 장르를 완성시켰다. 『우화』, 『프시케와 큐피드의 사랑』 등.

옮긴이 **박현석**

목원대학교 국어국문학과를 졸업했다.

번역 전문가, 에이전트.

번역서로는 「결과를 낳는 부하 만들기」, 「마법의 언어」,

「점점 멀어지는 당신」, 「삼국지연의」, 「오만과 편견」 등이 있다.

어리석은 자의 철학

초판 인쇄일 | 2004년 12월 15일

초판 발행일 | 2004년 12월 20일

지은이 | 다케다 세이지(竹田靑嗣)

옮긴이 | 박현석

교정 | 안치경

표지디자인 | 강희연

본문디자인 | 김성엽

펴낸이 | 하중해

펴낸곳 | **동해출판**

121-876 서울시 마포구 용강동 494-15호 1층

전화 | (02)703-3428

팩스 | (02)703-3429

e-Mail | dhbooks96@hanmail.net

출판등록 제16-298호

ISBN 89-7080-125-1

Printed in Korea

*값은 뒷표지에 있습니다.

*잘못 만들어진 책은 바꿔 드립니다.